丹野文夫詩集

Tanno Fumio

JN132369

新・日本現代詩文庫 152

土曜美術社出版販売

新・日本現代詩文庫　152　丹野文夫詩集　目次

詩篇

光炎

「異徒の唄」補遺

詩集『地の軸に架かるこえ』（二〇〇一年）抄

詩篇

詩集『風の中』（一九五八年）抄

日付

みんなは
ぼくの顔をみて
口々に窶《やつ》れたと云うのです
家に帰ったほうがいいと云うのです

でも　誰も
あのすくなかった日々の日付を忘れまいと
どんなに必死にぼくが
ぼくで在ることを守りつづけているか
そんなふうにして
人々のそしりや同情のなかで
ぼくがおまえと在ることを誇らかに
自負して生きているのかを識らなかった

誰もあの瞬間に見開かれた
おまえの瞳を見たものはいなかったし
たえずぼくら二人の間にだけくりかえされた
草叢や　樹木の梢の　その上の蒼空の
うたをきいたものはいなかったのだ

だから　ぼくらが瞳をこらした
憧憬という鳥の飛揚を見ることもなく
あの五月というわずかの日付は　二人だけの
閉された世界の朝であり昼であり夜であった

その世界のなかで　たしかに
ぼくもおまえも
鳥であった
草であった

樹木であった
誰かと誰かが語りあったよりも　なお
たくさんのことを精一杯に語りあったぼくら

ぼくが奪《やつ》れたのならそれでもいい
ぼくはけっして鏡など覗くまい
鏡の裏でなにがあるか
ぼくは識りたくないのだから
家に帰れというのなら　それもよい
ぼくは十一時間の里程を戻ることで
葦枯れの潟に佇む孤独な自分を見たくない

おまえという存在のなかから
ぼくが掌にうけた
あの五月という光の季節を
忘却という日付のなかに抛り込むことは
いまとなっては
かけがえのないおまえがなくなることだ

叫び

おまえは
行き交う流れのなかから
身をよじってぼくをふりむいた
手をふった

人が来てまた去って
記憶のなかに喪失してゆく時の一点で
ホームと地下道をつなぐ石段の中途に
たちすくんでいたぼく
は叫びを聴く

その叫びがぼくの胸を貫いたときから
ぼくは燃えるおまえを抱くことになったのだ

ぼくのなかのおまえが
おまえのなかのぼくが
疑いようもなくぼくであり
おまえであることの嘆き
を一体だれが代弁してくれ得るだろう

のしかかる地下道の壁にむかって
ぼくは非情の冷さを感じ焦立ちながら
はげしい怒りを内にそだてていた

そんなにしても
ぼくとおまえのなかの
なにも消されはしなかった

ぼくは手をふった
おまえの叫びにならない叫びに
いままでみなかったきびしさに射抜かれて
歯をくいしばった

存在

ぼくら二人が住んでいた
街のどの路地にも丘の草叢にも
その上に海青の空が広がっていた

でも　そこから
ふんだんに降りそそぐものを
そのときおまえもぼくも
むぞうさにまるで気にもとめなかった

背の高さ程の灌木の叢みのなかに
なだらかな沼に落ち込む丘の斜面の花に
それはまぶしくきらついていて
たしかに景物の影と翳を
ぼくらは見つめていたのに

街が見下ろせる丘のつらなりのなかを
二つに断ち切って線路が走り
或る季節の午後
遠出のあゆみから二人が戻るとき
レールの上には
遠くから二人の心にそそぎ込まれる
愛の位相がさんさんと
降りそそいでいるのを
たしかに見たのに

おまえもぼくも
二人がその上をやってきたのは疑いのないことだ
だが　ぼくらは知っていなかった
やがて二人の心に日付のない約束が結ばれ
いたい二条の軌道が敷かれてあるのを

その傷みを生きたときから
二人だけの日々が積み重ねられ
やがて砂礫のなかにたしかな証しとして
レールを埋めてゆく

風の中

風の中で
ぼくはみた

おまえはそのとき

灰白色にひかった堤防の上で
髪を吹きちぎらせながら笑っていた

世界のなかでみた
ぼくがみた幻のどんなものより
異ってあかるい

ぼくの吸う煙草の烟りが
おまえの肩にも髪にも睫にも
かすかに触れてひかりとなる
烟りがやわらかいものだと
ぼくはわかったのだけれど

水の騒めきが
おまえのなかにもぼくのなかにも
変らないひとつの言葉のように在った
ぼくらは苦しかったから

ぼくらはすすり泣きさえしたかったから
瞳を凝らし耳を傾けていた

時のきざみから永く
かよいつづける流れのまえで
ぼくら二人は
ただちっぽけな存在だとは思うのだけれど

ぼくらのおもいが
ひとたび口をついてでるとき
風の中に吹き消されていってしまう
片言のつたない対話としかならないのだけれど

やはりぼくらは
風の中にいるのは
ぼくであり
おまえであることを信じていた

やがてぼくは手をあげて
ウルトラマリンの空から
なだらかに稜線を切っている
吊橋の架かっている山の峰を指して
あえかに笑いかけるおまえをふりかえりみた

ひびき

ひかりがきらつきながら
ぼくらのまわりにみちていたのは
あれは風のひびきのせいだったのだ

その日
ぼくとおまえは
いつも行ってみたいといっていた
丘の上に頭だけみえる
すりばちを伏せた太白山のまるい頂きを目指して
だれもいない林のなか
つたばらのからんだ灌木のかたわらを
かすかに狭間《はざま》にぶつかる谷の上を
曲りくねって続く山道をあるいていった

なぜあんなに落葉を踏むのが
いたましいおもいがしたのか
それはあのかさかさするぼくらの足音が
ふしぎに梢から風のひびきをさそいだすのが
こわかったからだ

そのひびきにつれて
葉はまるで祖父の死んだときのように
おびただしく散ってくるのだ
それはひかりをうけて

わずかの風のいきおいにも流されて
ずっと下の谷の方まで飛んでいく

すると谷底から
風のひびきはそれよりもっとさわがしいものおと
　をつれて
樹木の陰のぼくらのいるところにかえってくる
ぼくはじきに夕暮がかかる冴えた空と
オレンジ色にひかりをうけたおまえの髪との
距離をはかりながら
だまってひびきの行方を追っていた

詩集『橋上の夜』（一九六二年）抄

橋上の夜

夕陽

おお　ただれる空
物影と物影の遍在する間から
今日こそぼくは
西の時刻をかいまみる

昨日　ブランコに乗っていた少女も
今日　蝶を追掛けて行った少年も
燃え上る一画の彼方で
無心に行きつづけている

ぼくは疲れたか
ぼくは堕ちたか

否！
にべもなく首を振る
ぼくは別離の対話を含んで
きびしく立っているだけだ

やがて西の空が背を向けて
ぼくが夜に歩み入る境界
ひとつのバラライカが捨てられ
騒々しく鳴っている道端
人途絶えた裏通り昨日ぼくが寄りそい
悲しげにアリアを口ずさんでいた窓の下

ぼくはそれらに向って　今日こそ
いさぎよく背をむける
一つ軽く拒絶の身振りをくれて
遠い旅に出発する

少女

きらきら
まぶしいひかり
まちはいっせいにわらっている

そんなときだ
ふしぎなめまいにおれがよろめくのは
にんげんはみんなきれい
かがやくあさ　すみかえるひる
もえるゆうべ　すきとおるよる
あかやくろやしろや

おさかなみたい
きものやようふくや
おお　まちはひらひらはたでいっぱい

おれはやなぎのしたでたまげていた
おどろきすぎてしょんぼり

そんなときだ
えきまえどおりをはしる
しがいでんしゃのまどから
かああい少女が
わらっているまちに
おもいきりてをふる
あいさつをする

きづいたのはだれ
だれもいないさ　おれだけさ

よかったなあ
ほっとしたなあ

すくわれるおれ
少女のしろいふくと
わらいかけるひとみと
おもいきりふるやわらかいうでと
少女をのせてはしっていくでんしゃと
わらいころげるまちと
その少女にふりこむまぶしいひかりと
あおぞらのまんなかのたいようと

よかったなあ
ほっとしたなあ

おれは

ちがうせかいのちがうじかんにいるのか
おれは
はしっていくさ

でんしゃと少女
ひかりとまぶしさをおいかけて
どこまでもどこまでも
まちのなかをどんどんかけていくさ

母

あなたの胸は辛気くさい
汲めども汲めども
込上げてくる反吐のつらさです
おれは　来る年もくる年も

あなたの胸の岸につながれていた船
今日それが〝明日〟の太陽の輝きのなかで
泥に埋れた廃船になってしまうように
ああ　そんなにも
つらいのです
恥かしいのです

或る年一人の詩人は
日本語の「海」の夜に「母」を幻《み》て
仏蘭西語の「母」の朝に
鳴りつづける「海」を聴いたが
そんなふらんすやくざの物語は
もう聞き飽きてしまった

枯木のようにまがってしまったおれ
あなたの胸で
じめじめと泣きべそをかいているおれ

だらしなくぬれそぼっているおれ
かたくななな生きものになっていたおれは
いま　あなたを捨てて
おれの足で海に臨もうとするのです

母よ　あなたはそのとき
おれの二十幾年かの日と夜を
憎しみと悲しみに裂かれて駆けるだろう
おれに背をむけ
おれからますます遠のく方に
しかもなおはげしくおれをもとめ
おれをののしりながら

おれの不眠の夜の寝物語りに
あなたはたくさんの美しい嘘を
おれにささやいてくれました

蒼空は底なしに明るい
天使はきっといて
お前の心に美しいプリズムのかげを
射ているのだ
と
海鳴りがとどろくように近い夜は
それを聴くお前の心がさびしすぎるせいだから
せいぜいたのしく明るい昼をくらしなさい
と

あなたはきつい冬の夜半も　こうして
冷えきったおれの足を
あなたの熱い両の足に抱え込み
まるで死者を蘇えらせるように
たくさんのあなたをおれのなかにそそぎ込んだの
　です
世界でいちばん美しい嘘を

毎夜語りついだのです

おれは今日その夢を識りつくした
だれがこのにがい海の夜ふけに
あなたの夢を語りついでいけるだろう
おれが〝生きている〟ということ
おれが〝これからも生きていく〟ということは
おれがたてた仮説の一切にあざむかれ
闇のなかでひとつひとつこぶしを振って
あなたがめぐらす胸をたたくことであり
手にした地の塩を口に含み
そのむなしい苦さにむせびながら
おれの足で世界に向って覚めることなのです

だから今日
おもい夜の扉のむこうで騒めく海に
あなたを捨て去り旅立とうとするのです

憎しみと愛のひとかけらをこめて
別離の言葉をあなたに投げつけるのです

許して下さい
おれはもうおれです
初めて正真のおれに生まれたのです
これから幾年もの昼と夜に
おれはおれの昼と夜を生きるしかないのです
あなたが時の刻みの不安にうたれて
はじめてひとりのあなたになったときから………

そうして　おれは
あなたの五十幾年のみじめな夜の終りに
おれだけがはじめて世界に告げることのできる
おれだけがはじめて両腕でささえることのできる
明日もっともたしかなかたちをあらわし

きびしい生命の糧となる希望を
死んだものや生きたものの非望に耐えて
あなたのために
おれの日付に語りつぐのです

ある日暮《バラッド》

I

陽はいつも
人の胸を割って
遠い世界の涯に墜ちる
その野にも　ぼくは
鮮血に染まった兵士の屍体をみるのです
子の手をひいて行きくれる
女と語るのです

〝地球は何千何百何十日回ったでしょうか?〟
〝地球は何千何百何十日も回っていたのです。〟
〝夜は何万何千何百夜地球の上に訪れたのでしょうか?〟
〝夜は何万何千何百夜も地球の上に訪れました。〟

そこでぼくは怒りにかられるのです
あやうく叫びそうになるのです…………

兵士の屍体はいまも野の涯に
放り出されたままですし
子の手を引く女は
街の場末までいつもあふれているのですし
昼と夜は相も変らずくりかえされるのですし……

……

Ⅱ

日暮に雨がくると
女は傾いたひさしにぼろをかける
男は一杯の冷酒をひっかける
下水のなかから
大橋架のしたから
建築中の高層ビルディングのなかから
わめくこえ　泣くこえ
わらうこえ　唄うこえ

〝笑って泣いて　浮世はケチョン〟
〝おれは河原の枯尾花ヨイヨイ〟
〝うちの父ちゃん酒あぶれ〟

ああ　うるさい
顔をしかめ耳ふさぎ胸ふさぎ
息もつまってながい歴史の物語
いっそそんなものはごめんだ
この日暮に行きあわせたら
沈黙するがいい
こんな騒々しい営みの毎日から
数知れないエピソードがきみらとぼくの
頰を濡らしてきただけさ

火が欲しかった
そいつを　あいつを　こいつを
世界のど真中を燃え上らせる火が
ぼくときみらの道しるべを
昼も夜もあかあかと照らす火が
いまこの口惜しいほぞを嚙み切って

明日をめくりかえそう
一九六〇年六月の昼と夜を
いつわりのない対話で生きよう

一杯の冷飯に盛られた
男と女の愛を　にくしみを
父と子の　母と子の夕餉の会話を
いかにしてあつい瞳の輝きにするかが
いつもひそひそ語られる寝物語のおくに
ひそんでいるからだ

雨が降りそそぐ街
×陽は消えはてた言葉の灯×

肩からさげた袋をどこに打ちつけよう
いまきみはそんな心を抱えて
死んだものたちの在りし日の影を幻て
北からこの終着駅をえらんできた

駅の外は雨に濡れ
きみのための道標はどこにもない
やはりきみはこの人の流れのなかに
無表情にまぎれ込むよりしかたなかったのだ

きみはたかいビルの街角
とある片隅に背負った袋を投げ出す
それからくらい空を見上げる
途方にくれる日暮の雨の街で
やがてきみは語り出す…………

とうとう雨が降ってくる
このかたくなな世界のどこかで
たしかにはげしくうたれているものに

ぼくは耳を傾ける
暗い地下街の壁にもたれて
一杯のコーヒーの香に自分を失くすとき
ぼくは昨日の輝く岬の海を思い出す

あの海も　いまは
ぼくの世界の雨期にはげしくたたかれているのだ
そうしてぼくらが座っていたところは
そのままこの雨に濡れて
ぼくの心のふかいひだになってしまう

ぼくらお互いが
無意味に等しいものと識りながら
どうしようもなく投げつけた言葉も
やはりあのふかい海に
もくずのようにただよいながら
いまぼくの世界で鳴り出してくる

夜の海鳴のように
ぼくは地下街の壁にもたれ
その鳴りをきいている

雨は降り続けて降り続き
刻々として世界を満たしてゆく
どうせならこの雨に死ぬまでうたれているのだ
むだな言葉をそぎ落して
正真のぼくが裸樹となって透視《み》えてくるまで……
……

きみは
はげしい言葉の味をかみしめて
この街の放浪者となる
それから
海の水のあふれてくる通りを
消えはてた言葉の陽にひかれて

たかい西北の丘に向ってゆくだろう
そのとき　きみは
言葉のひびきから世界の表情をはぎとり
広い眺望のからくりを一息にぬすみ去るのだ

事故

某月某日某時刻
ばく進してくる急行列車
二人の少年は
レールのわきにたおされる
夕陽はくるめき
街ははげしいジャズが奏でられる

〝今夕某時刻
　某街の某本線路上を通行していた
身元不明の少年二人が
某駅発下り急行「○○」号にはねられ
意識不明の重体です。
某市某警察署では、事情を調査する一方、
現在身許を調べています。
臨時ニュースを終ります。〟（某放送ニュース）

二人の少年は
兄弟のように並んで二人だけの道をくる
少年の父は丘にのぼり
街のなかに少年の姿をさがし
少年の父は酒場でわめきちらし
心のなかから少年を追いだす
夕陽はレールの上にそそぎ込み
街ははげしいジャズが奏でられ
二人の少年はたおされる

〝その後の調べにより
某日某時刻
某街某本線路上で列車にはねられた
二人の少年は某警察署より指名手配中の非行少
　年と
判明いたしました。
某少年十五歳は先月某少年院より脱走し窃盗の
　容疑で追及を受けている者。
別の一人は十九歳の少年で
これも同じ窃盗の容疑で当局より手配されていた
　ものです。
なお十五歳の少年の父親は、
市内某高校の教師です。〟
（某日付、某紙朝刊）

夕陽は世界の涯にのめり込む
地平はあたり一面ただれる明るさ
街ははげしいジャズが奏でられる
おこされた事故は確信され
人々は人々と顔寄せ合ってささやき合う
そしり合う嘲笑い合うまゆをひそめ合う
おこさない事故は許され
おこされた事故を人は決して許さない
人々は人々と顔むけ合ってささやき合う
そしる嘲笑うまゆをひそめる

二人の少年と
二人の父親とにかぎらず
事故でなく昨日を一昨日を今日を
生きた者がいるのだろうか
冷たい無惨なからくりが
一つひっくりかえると
地球は今日が昨日になり

今日が明日になり門が建てられ
ぼくらはいつもはなればなれになってしまう
二人の少年は
レールのわきにたおされる
夕陽はその向うでくるめく
街ははげしいジャズが奏でられる
考えてみるがいい
目を閉じてみるがいい
耳を澄ましてみるがいい
兄弟でない二人の少年が
兄弟よりもやさしくよりそって
レールの道を地平の涯に
くるめく夕陽をめざして逃げてゆく
列車は叫びを上げて突進してゆく
二人の少年は

二羽の鳥のように空に放り出される
墜ちてくる
無惨にたたきつけられる
それでも二人は
街の門の前で異徒として裁かれる

二人の少年は血を浴びて
くろい鳥のように放り出される
道は二人の無惨にたたきつけられた処からはじま
っているのに
街はいつもジャズが奏でられるだけ

少年の父がいる母がいる
兄がいる弟がいる姉がいる妹がいる
可愛らしい恋人がいる
街の門の外で冷たい非難を待ちうけて
首うなだれて列をつくって立っている

街ははげしいジャズがいつも奏でられる
ぼくはおこってしまう
事故でない生き方が
世界のどこにあるのかと
ぼくは誰かがおしえてくれるかと
耳をそば立てているのだ

老女

I

枯野は
涯のあたりで燃える
空はみぞれを地に投げつける
突きたつ一樹の根元に
老女は座っている
いつでも同じ呪文をつぶやいている

石を投げろ
眼をえぐれ
呪詛をふり切れ

冷え込む朝に
氷はおとをたててわれ
昨日も一昨日も二昨日も
わしの息子は荒野の末に向って
いくたりもいくたりも通り過ぎて行った

わしははなむけをする
泥の塊を　かたい石を
えぐる眼を　ふり切る呪詛の言葉を
投げつけ打ちつけ

わしははなむけをする

わしのまく種
どこのどいつの腹んなかで芽を出すか
いつの朝に夜に実るか
野末に鎌をかざしてゆく息子らよ
わしが幾千幾百夜
石女の夜に星を焼いて育てた夢を
ようしゃなくばっさり刈りとれ

世界よ地の涯から燃え上れ
そのなかに石を投げ込め
木枝を投げこめ
眼を腕を足を一切の呪詛を放り込め
その燃えさかる炎のまわりで
おどろくことを忘れたおまえたち息子よ
返り火に焼きつくされろ

老女の思考の苦渋から
世界の季節を招くことが出来るか
老女は枯野の涯
一樹の下に座している

Ⅱ

老女ののぞみは
夜がくると目覚める
幾千幾万の日と夜も
鳥はむなしく空を駆けるのか
光はみだらな陰で安眠をむさぼり
地上に息づくものは
奇妙な己れのくまどられた影に
とまどいうろたえるだけなのか

老女は世界を打たねばならない
いや老女自らが滅びなければならない

かや
すすき
うるし
おお　わしはいつか背を打たれる
かやだった
おお　わしはいつか飛び散る
すすきだった
おお　わしはいつかしぶとくしみつく
うるしだった
墜ちるあまたの星に打たれ
墜ちるあまたの星に焼かれ
わしは生きのびた
鳥になれないことで生きのびた
鳥を呑みつくそうとすることで生きのびた

わしは鳥とは似ても似つかぬ
邪悪なむすめたちを生んだ
明日も明後日も明後々日も
むすめたちは野をかきわけかきわけ
空の涯をもとめて
いくたりもの男たちのなかをくぐり抜け
いくつもの街のなかを通って行くだろう
わしはささやく
或る日はすすきの穂でやさしくなで
或る日はかやの葉で無惨に打ちつけ
或る日はうるしで陰惨にぼろぼろにし
世界の街という街から鳥を追い立て
むすめたちよ地上を涯とおく耕せ
実のある花々を男たちという男たちの
苦悩のなかからぬすみとれ
死者たちの呪詛を呼びさませと

わしは夜となく昼となくささやく

老女は世界を打たねばならない
われわれは老女を打たねばならない
みだらな光のなかで力のかぎり
われわれは老女を打ちつけねばならない
われわれは老女を踏んで踏んで
踏みつけねばならない
「自由」という未知の言葉のもとに
世界の息子たちと息女《むすめ》たちの告発のもとに
はげしく空をついて
いつの時代にも地の涯に燃えさかる
死者たちのエキスの火を目指して
あしよりつよく踏みこたえ
鳥よりかるく飛び放たれるために
老女は確実にわれわれの世界から死ななければならない

自問

いつか星の墜ちる刻——————
くらい世界を渡って
ぼくはぼくの場所に
なぜ運ばれてきたのか
ふりむくぼくを
いつもおびやかしている一本の朽木
林のなかで
墓はふかい口をあけて
いつも夜のなかで笑っている
おまえは死ぬか
おまえは死んだか
おまえが死ぬのはいつだ

呪いのささやきに抗って

一切を拒否しようと焦りながら
ぼくはいつも首うなだれていたことに
うろたえて身を構えなおす

なぜ父は母を打ちのめしたか
なぜ母は父をそしったか
なぜぼくは二人のいさかいの間で
きつく眼を閉じ必死に耳をふさいだか
なぜぼくはとざした世界のなかで
呪いのうたをきくようになってしまったか
なぜあたたかい鳥の胸は鳥でなくなったか
なぜ輝く海の季節は海でなくなったか
なぜ夢みるぼくの唄はぼくでなくなったか
なぜ一本の朽木と墓の周囲を
ぼくは怖れうろたえはいずりまわるのか
いつからかぼくのわれめに
しつこく巣喰った苦い問の実を

思いきり嚙みくだいてしまおう
と　ぼくは昼も夜も憑かれてきた
ぼくが墓の口をあばき
朽木の正体に幹をなで笑いだし
ぼくがぼくの表情を会得するとき
この呪いに克って
世界は明るくひかる夜を抱くだろう
だからぼくは呪いのうたをきき続けよう

明日ぼくは
旗をかざして喜劇と悲劇の領域をまたぐだろうし
あふれるばかりの愛を
無惨な屍体を抱いてそそぎ込まなければならない
　からだ

橋上の夜

空は
遠く地平のあたりで引き裂かれ
夜はそこから燃え上ってくる
鳥は
空のなかでためらい羽根打って
胸の上にさかしまに墜ちてくる　そのとき
傷みははげしくやってくるから
浴びせられる呪咀をはねかえし
世界の壁をこの掌で打ちたたき
非望の夜を生き抜こう
ただこの希みに憑かれて日夜
ぼくは橋上にたつ　やがて
あらゆる気配に耳澄まし
ぼくはそこで夜をむかえる
ぼくは叫ぶだろうか
ぼくは哭《な》くだろうか
ぼくは怖れおののくだろうか
瞬《まばた》きすらかたく閉ざすだろうか
いま無意味になりはてた言葉に
魅《ひ》かれてうろたえるのはもうぼくではない
みじめに耐えていただけの昼と夜が
たしかな言葉にむかって解けるとき
ほんとうの夜がやってくるからだ

思い出すかきみら　ぼくを
昨日ぼくのささやいた橋の唄を
昨日橋のたもとで会ったひとりの男を
昨日きみらの心のなかを行った影を
思い出すかきみら　ぼくを
明日誰かと奇妙に交錯する橋の上で会うとき

明日誰かと何気なく対話するとき
明日誰かが遠くで口笛を鳴らすとき
思い出すかきみら　ぼくを
昨日のぼく明日のぼく無数のぼくを
やさしい唄をみじめな姿を遠くの口笛を
ああ　それより
もくずのように嘘をつくきみらを
鳥であることから墜ちてしまうぼくを
昨日の親と子であり恋人であり夫婦であり
見知らぬ今日のきみら　思い出すか

飛ぶことを止めるぼく
空の一角に上昇することを止めるぼくは
どんな星の座からもはずされ
どんな天使の言葉からも拒否されて
橋上に呪詛の夜を生きなければならない
おお　鳥は
証しのように墜ちつづける
この都市の不毛な時刻のなかで
傷みはぼくを闇の方角にばかり向けるから
ぼくはいま橋の上で
ひそかに横たわり寝息をたてるきみらを
踏まえて立ちはだかる
ぼくの鳥の消え去った窓をさがしあて
ぼくの熱い額をそこに入れることを希う

やがて或る朝
ぼくは　真実ぼくになりきるだろう
ぼくは　世界を胸に抱いて橋上に立つだろう
橋はぼくの心の構図となるだろう
むだな呪詛の言葉なぞはきみらにまかせるだろう
鳥はきみらを無限に離れて自由になるだろう

夜警が声たてて唄うから

雪は
合図のように建築の外に
ぼくをおびき寄せ
風は
思い出したように街道の上に
ぼくを吹きつけるから
ぼくはうかつにも夜警に向って抗議する
一杯ひっかけて
眼玉をぎろぎろさして
夜ふけの窓を開いて
唄をうたっている彼は
あれは飛行塔のてっぺんでわめいている
夜の危険信号《ブザー》さ　と
にべもなく拒否して澄ましこむ

おいどこの街で
どこの安カフェーで
どこの人混みで
だれのおもいのなかで夜はふけ込むか
ぼくはきみと会うかわからないが
その時人々に向って
ぼくの身許をかくさないでくれ
たのむからそのさりげない唄を止してくれ
きみはいつも口笛を鳴らす
「オルフェ」の悲劇を
「アラン・ドロン」の喜劇を
「バルバラ」の恋を
「アモーレ」のエピソードを
おお　きみは
一度だってそうだったためしがないくせに
完全な世界としてぼくの前に立ちふさがる

きみは降る雪にことよせて
吹きつける風にかこつけて
きみの唄を街にむかって口ずさむので
ぼくは火消しのように
拒否された街の窓という窓をたたきに
いつも街道を駆けてくる
まだ一度もぼくの役をはたしてはいないのに
きみは世界の権威のように
ぼくを素知らぬふりで拒否する

こんな茶番の馬鹿気た幾夜めかに
ぼくは窓という窓に彼を閉じ込めようと
胸のわるくなる彼の唄をぶっこわそうと
街で会う人々の額という額
腕という腕　胸という胸に
きつい訣別の署名をする

詩集『異徒の唄』（一九七一年）抄

I　異徒の唄

序章

私を指さし
私を取りまくものたちに
今日　口々に私を非難し
時代に背をそむけた集団のやからに
私はいまや
世界の涯の方角から
私の矢を射るために旅立とう

××　××　××

たとえば明日
何処の野涯に葬られるか
ぼくはしらない
ただ　ひとびとよ
ぼくを理解できないまでにも
ぼくがきみらを理解しすぎるまでにも
最後の最後まで記憶しているがよい
生きるとは
朽ちはてることだが
それだけではない
草の茎を噛んで立っていること
きつい苦みを喰《は》みつくすこと
あすもあさっても
憑かれた行いの昼と夜を
己れの熱に耐えてたたかうことなのだ

野涯の章

1

つのり続ける冬
はげしい北風に打たれる樹木は
いつも己れにかえろうと抗っている

墜ち続ける雨期
おしよせる泥の洪水に
耕土の岸は崩れまいとしながら削られる

人は　ただ
樹木をあおいで打たれなければならない　ただ
岸の暗い底をのぞいて戦慄《おのの》かなければならない

そうすることで
人は　このしめった風土の国で
孤絶した旅人の道を選択する
故郷への道を拒絶する

朽ちた道標が累々と並ぶ
折れた道標が累々と並ぶ
古めかしい喜劇がおごそかに演じられた道
〈夜明まで
　零時の道程
　ナポレオンは世界にただひとり。〉
際限ない荒地の涯を目指して
英雄たちは幾人《いくたり》も消えてゆく
だが未だに
この酸土のきつい荒廃の野涯に
さんさんと夜明の陽がさしたことはないのだ

明日眼覚めてみれば
鼻をおさえ込む惨劇のくりひろげられる
古風な喜劇の夜を
人々はあざむかれたように引かれてきた
道標は笑う馬鹿らしい営みを
道標は唄うみじめな女の愛を

やがて
古い傷口を唄う喇叭の声を拒否して
人は己れも樹木のように抗って叫ぶ
岸のようにおしよせる怒りに己れを削られながら
夜明の幕をおとそうと
おおしい唄《アリア》の一節をわめいている

2

きみは野の涯から

いくつもの村落を寄切《よぎ》り街を通って
ぼくの前に立つ
それだけのことから劇は始められる
ぼくは打ちのめされる
だが女々しく尾を振るのは嫌だ
なぜなら
朝がくれば陽は空に上る
夜がくれば月は空に架かる
こんな時間のからくりと浪費のおかげで
ぼくは数知れない殺戮にあった
生臭い血を口一杯に溢れさせ
埃まみれの石で胸を打ちつづけた
捨てられた孕女《はらみおんな》と語り合った
愛し合う男と女がたやすく
離別したり近づき抱き合ったり出来ることを識った

どうしてきみの前で
そうたやすく引きさがれるか
おしまいまでいくだけだ　もう
こんなからくりの演じられる夜に
無意味に等しいぼくの嘔吐をしない
ぼくの前に立つきみの顔に
ばかばかしい夜の喜劇の英雄に
明日議事堂の窓にとまって
鳩のように澄まし込んでいる顔に
おもいきり銛をさし込んでやる
さし込んでしまうまで立っている
こんな病いに取り憑かれているぼくが
いつ死ぬか
何処の野涯で倒れるかを
どうしてぼくが予測などしようか
なんでそれを識る必要などあろうか
ぼくが倒れるとき

だれがぼくの死のための唄を
素知らぬ気にそっと口ずさんでくれるか
そのとき
だれがぼくの体を抱き取って
死の眼ぶたにそっと口づけしてくれるか
どうしてぼくが期待などしようか
なんでそんなことでぼくが回復できようか

もうやさしさはごめんだ
野涯の旅でぼくが殪《たお》れるとき　ただ
ぼくの生が確かに途絶するだけだ

海峡

大陸と列島のなかを満たしているのは
冷い澄みきった意志だ
そいつに魅かれて
俺はいつも岬の突端に立つ

風が
赤土と石塊の上に立つ
俺を吹き抜けて
約束ごとの灯台や白雲や半島の緑や
遠くかすむ山脈や海の上の船影やの
みみっちい心象をなぎはらってしまうと
空と海原の茫々とした背後から
みるみる地平が俺におしよせてくる

そのとき飛び交う砲火の閃きに映る屍体
浮び上る死者らの顔
踏みにじられた旗の下に横たわる
若ものの血まみれの顔
昨日車道にたたきつけられた

少女のふしぎにしろい顔
まぶしい光芒のなかに登場した主役達の
虚しい唄のささやきと俺にむかう姿勢と
俺をみつめている表情と

この幻視がますます俺を
強固な樹木に仕立て上げ
俺に狡智な世界を拒絶させてしまうので
いつ俺の最後がやってくるかを
俺は識りつくしてしまうのだ

そのとき　俺の過ぎた街が
消息のない愛の確かさで満たされ
俺のなかできらめいている

瓦工場の裏

もういちど
きみがぼくと会おうとするなら
あの人影ない瓦工場の裏
貧血女が腰をかけている小さな広場で会おう

ぼくときみは
あの年あの秋
実にたくさんの事件について
むだな傷みをくりかえしたので
たった一つのことを語りあえなかった
工場の煙突から夜空に立ち昇る炎は
かつて焼却された人々の愛であるのだと

おお　だれがいま

必死に壁にほりつけるだろうか
〈ワタシワ
　　　アナタオアイシマシタ！〉
〈アナタワ
　　　ワタシオアイシマシタ！〉
〈ワタシワ　シタタリオチル
　　　　　　アナタノチオミツメタ！〉
〈アナタワ　シタタリオチル
　　　　　　ワタシノチオミツメタ！〉

来る年来る秋
ぼくは人気ない広場へ行った
しょぼたれた秋雨のなかで
貧血女はいつものとおり腰をかけていた
塀のはずれにぼくが
一本の樹木になって残っていた
はらはら記憶はすでに墜ちはじめていた

くねり上る空をあおぐと
工場の煙突からいつものように
けむりがどこまでも立ち昇っていた

おお　だれがいま
必死に壁をたたくだろうか
〈ワタシワ　イタカッタカラ
　　　　　　アナタモイタカッタネ！〉
〈アナタモ　キットココエキタカ！
ソオシテ　ヤハリ
　　　　　　ワタシトオナジニ　ミタカ！〉

工場はがらんとしたまま
煙はしずかに立ち昇ってゆく
ひびきかえるぼくの声をきいて
ぼくはおもいきり笑うだけなのか
きみの足音をたしかめて　虚ろに

きみは立ち戻ってゆくだけなのか
この無償の対話の日々
広場はいつも夕暮
散乱するぼくの言葉で一杯だ
その真中に突立つぼく
煙突からくらい空にはい上るぼくらの愛
これはやがて時代の狼火《のろし》になるだろうか
ぼくは黙してきみの眼のあたりにたたずむ

おお　だれがいま
必死に壁をうがつだろうか
〈アナタワ
　　ワタシニアウダロウカ！〉
〈ワタシワ
　　アナタニアウダロウカ！〉
もういちど
きみがぼくと会おうとするなら
あの人影絶えた瓦工場の裏
貧血女のいるさむい広場で会おう
きみは西からぼくは東からやって来て
ぼくは北からきみは南からやって来て
はげしく樹木をゆさぶろう
記憶という記憶を散乱させ
貧血女をぼくらのなかに葬ろう

通過点

ぼくらの地上で戦いがあった
敗走する戦団が通過する輪車の轍
くりかえされる惨劇の夜に
若ものが射つのを待たずに世界は墜ちたか
ぼくは　いま

ぼくの地点に立ちはだかる
夜気の重苦しさを引き裂き
突進する銃口にむかって
合図の旗をはげしく振る
一夜でぼくの生を駆け抜ける
人々よぼくにむかって
今朝すでに希望は虚しいと云うな
希いはささやかでも希いなのだ
抵抗は孤立に絶しても抵抗なのだ
たとい如何なる権威が
栄光のかげにかくされた悲惨を
勇気という言葉のなかに絶望を
たえず見究めようとするぼくを拒否しても
ぼくが生きたこの世界の記憶を
ぼくが投げつける言葉の呪文を
どうしてはぎとることが出来よう
いまは人々にとって無意味となりはてた

歴史の記録《カード》を怒りのうちに整理しよう
屍体を地の涯とおく整列させよう
虚名の勲章などかなぐり捨て
無名の一戦士となったぼくは
かれらしずまりかえる死者の群に臨むために行く
心おきなく無償の唄をきくために…………

この異質な愛のために
街から街へ　口から口へ
人々によって伝えられる
ぼくについての噂は　はたして
人々によって忘れられたかつての硝煙の臭いを
地上の戦火の閃きを運んでいるか
輪車の鳴りをひびかせているか
戦場の兵士の死臭をきつく漂わせているか

やがて明日戦《いく》さがあるだろう

街に革命が押しよせるだろうと
人々は口々にわめくから
ぼくはなおのこと
人々が忘れはてた昨日を一昨日を
忘れることを許さない
夢みることを拒否する
吹き抜ける風にすべてをみる
闇の中でぼくの地点に立ちはだかり
拒絶される背理の唄のなかで
挫折しかける異質な愛の苦渋に克つ
ふたたびくりかえされる明日に身構え
世界の最も熱した場処へ
ぼくの言葉の矢を射とう
世界はそこから燃え上っている

対話―九月―

わたしは
生きることをしりたい
そのために言葉の杭を打ち込む
地上に
家や石碑が倒れるように
樹木が打たれるように

九月
対話の死んだ処で
鳥は鏃《やじり》に撃たれる
澄みきった朝のなかを地上に墜ちる
わたしは
その叫びをのみつくす
言葉の証しが闘いの最中からやってくるから

九月
少女は家々の窓をたたく
無惨な呪咀のなかで
少女は地上にたおれる
わたしはかすかな少女の微笑みを見逃さない
対話がいつも荒廃の場処からきこえるから

たとえば
少女の逝ってしまった道から　夜半
ひそかに樹液と血の臭いが吹いてくるから

たとえば
鳥の墜ちるとき
あっと叫んで死者は虚しく空をにらんでいるから

わたしはきく

〝夜
草も樹もいっせいに空にむかって
群がりのびてるの
わたしは草と樹になってしまうの〟
〝夜
鳥は
わたしの言葉を盗んで死んでしまうの
おびただしい羽毛が窓という窓をたたいている
の〟

おお　わたしはこうして
世界につなぎとめられたから
九月はいつもわたしのなかで
秋の解嘲を鳴らしつづけている
鳥と少女の死骸が捨てられた場処で
わたしは悲しい唄に克とう

九月
遠い未来の季節
わたしは言葉をしらない鳥になる
ただ一つの叫びで世界を変える
それまでわたしは
家や石碑の倒れた地上を通り
地球のずっと涯までも
言葉の杭を打ち込んで行く
わたしが少女と鳥に掌を振ることのできる処
そんなにとおくまで
わたしは行かなければならない

北方ギリヤーク異説

〝昔々北方の一帯にね　荒い海の中へ勇敢
に乗り出していって漁をしていた民族があ
ったんですと
氷山がぶかぶか流れるオホオツクのあたり
まで小舟で幾日も北の星だけをたよりにき
ついさむさの海原を航海したんですと
でも　その民族はね　文化に敗北したんで
すと〟
女はそれきりなにも云わなかった
ぼくは女をみつめていた
否《ノン》　と一言
ぼくにはそれでこと足りた
事件はここで終った
世界の人々の時間の涯から
一人の女がたしかに消えるだけだ
シャンソンの甘い節回しも
ジャズの渇いた狂乱も
うるさいので耳をふさいだ
別れの口づけも

別れのコーヒーも
笑いだしたくなるので要らなかった
女は波止場の人混みのなかで堅くなる
ぼくは自由に息を吸えたので
陽気にタラップを登っていく
女の肩のあたりで　唄いながら
陽はくるめいていた　笑いながら
鳥はマストに刺しつらぬかれた
羽毛はおびただしい数だけ人々に刺さった

〝人生は悲惨だからお手々つなごうってい
うのは　あれはきみうそぱちだったさね〟
女は
否《ノン》　ときつく首を振った
女はいきなり裾をたくし上げ
さみしい腿をあらわに突きだした
鳥よりも甲高くただ一言

〝あなたは言葉を知ってるの〟
ぼくは何も云わなかった
いきなり女の手が頬にばしっときた
ぼくはかすかに笑った
女はついに波止場の人混みのなかで死んだ
ぼくは群集のなかを登っていく
合図の手を地上に向って振る
訣別はぼくのなかに用意された
抜きさしならない対話の戦慄だ
船はしずかに予定の海に向って出発する
吹きつける羽毛の熱さが
奇妙にぼくの眼をふさぐので
否《ノン》　ともういちど
ぼくは首を振る
〝ぼくがぼくだったのはぼくの愛だ
ぼくがぼくでなければならなかったのは
それはぼくの愛ではない

ぼくでないぼくがぼくであることの愛は
世界の重い計量なのだ〟

北方ギリヤークのぼく
やがてそびえる氷山の彼方で
ぼくは一切を拒否しきるだろう
ぼくがぼくである愛の重さだけ
きびしい空の明度をはかるだろう
ふかい海の底を見透すだろう
それがぼくの生存の採取だ
おお　汽笛を鳴らせ
いまぼくは地球上の一点在だ
ぼくはすでに世界を抱いている
やがてひそかにぼくは
ジャポニカの裏側に拠点を打つ

異徒の唄　1

街の窓は暁になお
ぼくによって開けられるために用意されているか
朝　窓から放り込まれた言葉は
〝おまえは異端者だ〟ときめつける
ぼくの目覚めはこうして
窓の外から一方的にたたき起されるから
〝おれは異徒だ〟とはげしく云い切って
ぼくは自力でたちあがる

おもいきり大声で人々にむかって叫ぶ
街は屍人たちの吐息でくさい
おまえの窓をおまえの手で開けろ
窓の外には時代の死相が待っているのだ
間抜けなものはやがて死に絶えるのだ

するあと杖はぼくにむかって投げられる
その杖でどこの道を行くのもぼくだ
どこの扉をたたくのもぼくだ
が　ぼくがぼくの意図を抱えて
〈自由〉を人々にたたきつけると
人々の談判がはじまる　口々に
ぼくの耳が大きいからだめだ
ぼくの鼻が敏感すぎるから危険だ
ぼくの瞳が血走っているから眼かくしだ
とわめきたててぼくを取り囲《ま》いてしまう
たたき起されたのはぼくだから
かれらの囲みをたたきこわす
街のいたる処に捨てられた屍体を
最後の一つまでぼくの足で踏み越えてゆく

対話を拒否するこの訣別は
ぼくにおおくの象《かた》ちをあきらかにするから
ぼくは世界の涯からぼくの重さで笑う

異徒の唄　2

〈おまえの古巣を　ふたたび
けっしてふりかえってみるな〉

風は
渺々と吹いてくる
風の中を衣の裾をひるがえし
西涯へむけて道行きをしていった
男の影がおれの夢を透明にする
季節はおれを眼覚めさすために用意されていたの
に
いつか太樹の根元で眠りこけてしまったおれは
空が真赤に燃える刻に起きあがる

候鳥の散乱と墜下するときいったい
いくつの墓碑を胸に抱くことができたか
風に愛撫をもとめることはもう伝説だと
思いきりはげしく一枝を切り落すと
おれの愛は地上の涯まで
渇いた火薬の音をひびかせる
かつて故郷を破壊した爆撃の火閃を
おれのなかで爆《は》ぜているから
昨日西涯へ行った男と
今日眼覚めたおれとが
明日出会うだろう地点で　おれは
火薬の臭いに捲かれて倒れ伏すか
だが如何なる悔もそのときまで
おれに敗北を用意させない
おれの愛はきまってこうだ
街の建築を吹き抜ける風は
死んだ少女の閉じない瞳を洗うから
彼女を抱くおれの胸をひらくため　おれは
戦さという戦さの荒野を
群集という群集の背理のなかを
唄いつくして生きるのだ

異徒の唄　3

昨日女が殺《や》られた街の角を
笑いながら来る彼の顔をみたとき
〈世界の変革〉という言葉の意味が
わかった
会えば口ぐせに唄う幸せな彼
合言葉はいつも〈同志万歳《タワリシチ》〉と
握手のなかから路上に墜ちて泥まみれ
今日彼は午後の逃走を実行した

国道四号線を突走り
女をのせて唄って行った
下手な夕焼の演出の終幕で
女はめくれた穴のなかで
無残に首を折って眼を閉じた
合言葉はいつも〈変らぬ忠誠を！〉と
ぼくらの時代には空のなかで汚れている

いつか女は未来の方角からやってきて
すでに時のなかで死んだ彼と彼の同志らに
決して許容しない真紅のバラを投げつける

諸君　用意するがいい
おびただしい数の自己批判書を
諸君　用意するがいい
ぼくのためのただ一通の破門状を
ぼくはそれを山羊と喰べよう

諸君　それからゆっくり云ってみるがいい
〈女は敵だ！
　われらは偽らぬ人民の味方である！〉と
いつか女は未来の方角へむかって
決して許容しない愛を投げ入れる
だから女は諸君にもう用はないのだ〈同志！〉

異徒の唄　4

人々からかくれるだけの愚かな行事に
憑かれた顔で街をふらつくのを止せ
全ての宣言文《プロパガンダ》を踏みにじり
明白な意志で時代の証人になることだ

昨日街角の一樹の下で
告発の合図の鐘が鳴るのをきいた

それでも人々は生きることを拒否しない
さてこれあ素晴しい生活力だが
相も変らず都市の広場では
世紀の大サーカス、ボリショイショーと
メトロポリタンショーとが華々しい
呼び込み男の口上は空を流れてゆき
人々の心のすきまにびっしりはまり込む
だがぼくはどんな夢もさそわれない
もういずれの場処へも行くことはない
行く試みを止めたときから歩き出し
耳をふさいだときから唄いだす

それでもきみらは云うだろう
おまえは告発されなければならない
おまえは拒絶されるのがオチだろうと
それもおおいにけっこうけっこう
しかし世界の涯で墜ちてゆく

〈平和万歳〉という愚かな行事の名残りを
はたしてきみはみるだろうか
サーカス小屋の柱に必死にすがっている
きみらの泣き笑いの表情をぼくは照し出す
それから笑うだろう　笑いながらぼくは
かつてきみと握手したぼくの手を憎んで
全てが終った場処でぼくの手を切り墜す
これがぼくが生きつづけるこのぼくを
拒絶することで時代の証しとなる方法だ

Ⅱ　にがい季節

旅程

夜明け

氷雨に濡れた灌木の枝で枯草を薙ぎはらい
街を見下ろす人気ない丘陵の尾根道に立つ
私はすでに在った
いくつめかの夜をかいくぐり
人知れぬ旅程の一地点に在った

私が生れた地処は
ひとびとの暮しの背後に広がる闇夜
とどろく海鳴りのしたで炎を点じていた漁港の街
直情する叙事の日常のなかで
いまも淫らに眠っているであろう
私はそこからきた
あの
　駅の線路を闇にまぎれて匍匐し
　河の浅瀬を裸足で渡り
　街の間道を密かに通り抜け
いくつかの闘いの日を生きのびて

この街にやってきた
いま垂直に私の意志を切り墜し
南へ突き出す街の通り
おお晴れても降っても街の上に迫《せ》り出す空
私はいまみる
苛烈な旅程の途上にいるひとりだから
この街は
アメリカ・キューバ・アルジェリア・そしてコンゴ
ニューヨーク・ハバナ・カスバ・そしてカタンガ
そうして　おお　おお　わがニッポン・トーキョー

帰るべき故郷を拒否した今日
街を行き交うひとびとの表情のなかに
拒絶された私の明日をみる

私はすでに在った
今日私を覚めさせ
淫らな眠りを告発する
人知れぬ旅程の一地点に
私は明日在った

北への索路

わたしの死期は
北の涯へむかって躙《にじ》り寄ってゆく

わたしがおわるときせかいはおわるだろうか
と　いつもきたのまちのふるいこぶつしょう
てんのおくのかがみのひかりで　あなたはわ
たしをわらいながらみているのです

わたしがおちる　ほら　いつも　ひとびとが
やすむときいきをふかあくすいこむ　と　ふ
くらんだりしぼんだりするむねのあばらぼね
のまんなかあたり　ふっとおとにならない
おとをたててふかいあなにおちていくよう
わたしがよふけのさなかひとしれずほっとい
きをすいこんでおしまい　と　あなたはとび
らをさっとあけはなってよるのなかへとびで
てゆく　それから　わたしはいままであなた
とおあいできないでいるのです

いずれにしても
きみは死ぬだろう
洗面器に吐いて吐いて吐ききれない
血を吐きながら死ぬだろう
いずれにしても
きみは訣《わか》れをそなえるだろう

切りとられた真空を背に墜下する
この夏の滝はあおい樹立ちのひびきあいに
きみの訣れをきびしくととのえている
いずれにしても
きみはもう行かなければならない
何処へ　索路・るーとの標は
きみのゆめのなかでは　いつも
北の涯を志向しつづけるから
たとえ　どの街々にも村落にも
きみが行きつく道辺に確かな記標がなかろうと
きみは行かなければならない

北は　きた　と発音します
北は　ほく　と発音します
北は　ぺい　と発音します
だが　わたしは
北は　きた　と出発します

おお躙《にじ》り寄るわたしの脚部
がぎがぐと鳴るわたしの脚部
いたい　あしとつめ　で
いたい　ゆびとつめ　で
わたしは傾きながら最後につかむ
杖で　耕《う》つ
杖で　鍬《す》く
杖で　敲《たた》く
わたしの労働を営むために
躙《にじ》り寄るわたしの脚部で　おお
わたしは
北は　きた　と出発します

いずれにしても
きみはもう行かなければならない
きみはすでにあの場処で
たしかに別れを宣した

たしかな拒否の姿勢で　ひそかに
街の上に翻る旗へその掌をふった
たとえいくつの森林地帯といくつの湿地帯を過
　ぎても
きみの苛酷なゆめのなかで索路・るーとの標は
無限在に北を志向しつづけるから
おびただしい日常の言葉にまぎれ
おびただしい昼と夜のくりかえしに
きみが汚れてしまうきみの掌をみつけるためだ
　けであっても
きみは潔く行かなければならない

そうしていま　きみのための道標はない

わたしがおわるときせかいはおわるだろうか
と　あなたはかすかにわらいながらわたしを
みているのです　それから　わたしはいまま
であなたにおあいできないでいるのです

夜の唄

夜のなかを人は流れる
開ききらぬ彼の口から
声にならぬひとつぶのつぶやきをつぶやく
唄にならぬひとふしのささやきをささやく

太古の時刻のさなか
未だ会えないでいる俺と女は
お互いの口唇《くち》を熱《ほて》らせながら夜を生きた
衰えてゆく己れの指を
触れあえないでいる俺と女の
密通の刻限へただしく挿入し
確かな倫理の悲劇の種子を蒔く

やがてきみは聴くだろう
街の夜更けを鳴っていく
遠い風の単調すぎる不連続和音を
不吉な雲がばら雨をつれて　きみと女の
焦げた臭いがするトタン屋根を敲くのを
きみの腕のなかで女はすでに死相をあらわし
そのしろい歯を小刻みに鳴らしているのを
すべてそれは時代の呪文だ
耳をそばだて眼をこらして窓の外をみるがいい
そこにはいつかの戦いの廃墟が展《ひろ》がり
錆びた銅線の街並は風に鳴るこわれた弦楽器
いまも逃げおくれた敗残の兵士達のだみた唄声を
きみの枕辺へはこんでくるだろう
暗くたれこめた空の彼方で閃くネオンの輝きをう
　けて
きみと女はすでに抱き合う姿態のまま流れてゆく
　のだ
夜を渡ってくる風にふちどられ
女の匂う髪に頬をうめつくしながら
きみが唄にならぬひとふしのささやきをささやく
　とき
果てない夜の途上できみと女は
ついに触れあえない黙契の頂きに架けられたまま
　だ

おお　唄うのは夜だけそれは俺だ

　いすのかみふるをすぎて
こもまくらたかはしすぎ
ものさはにおほやけすぎ
はるひかすがをすぎ
つまごもるをさほをすぎ
たまけにはいひさへもり
たまもひにみづさへもり

なきそほちゆくも
かげひめあはれ

カゲヒメ　ワ　モノノベノアラカイノオオ
ムラジ　ノ　ムスメ　デ　アッタ　カゲヒ
メ　ワ　ソノ　カケガエノナイ　オトコ
ヘグリノシビ　ガ　テンノオ　ブレツ　ノ
テシタノモノタチ　ニ　ヨッテ　ナラ
ヤマ　デ　コロサレタ　トキ　ソノオトコ
　ヘグリノシビ　ノ　アト　オ　オイカケ
テ　イキマシタ　カゲヒメ　ワ　ソノバ
デ　ヘグリノシビ　ガ　コロサレオワル
スベテ　オ　ミオワリマシタ　カゲヒメ
ワ　ナゼ　ヘグリノシビ　ガ　テンノオ
ブレツ　ニ　ヨッテ　コロサレタカ　ワ
カリマシタ　カゲヒメ　ワ　ココロ　ノ
サカイノ　ハテ　カラ　ハテ　マデ　アサ
カラ　ヨル　マデ　ヘメグッテ　ナゲキ
ウラミ　ツヅケマシタ

そのとき口ごもるのはきみだろうか
声にならぬひとつぶのつぶやきをつぶやき
そのときみの腕のなかで呻くのは女だろうか
唄にならぬひとふしのささやきをささやき

それは触れあえないままに夜の風に吹き散らされ
暗い街の彼方で鳴りつづける時代の嘆きだ
それはきみと女の喉頭《こうけい》をとおって
かずしれない夜の嗟嘆に溢れながら流れてゆく声
だ
いまは飛ぶことから墜ちて絶息するとき
ひとつの鳥よ　悲鳴は俺に
ひとつの歴史を通わせる唯一の証し　なぜなら
俺は叫びの方角から街にやってきたからだ

俺は夜を悲劇の地処で渡ってきたからだ
やがてきみは聴くであろう
さだめもつかぬ夜の涯で俺と女が
抱き合う姿態のまま燃えはぜるおとを
そのときひとつの鳥が古代へ駆ける羽音を

おお　唄うのは夜だけそれは俺だ

＊　付記・いすのかみ……の「影媛」の歌は日本書紀在中の古歌一節

殺意

奇妙な主役達が退場してしまった今日も
きみは苦い記憶の鎖に架けられたままだ

一九六〇年六月の或る夜
ぼくらのための題辞は
溢れる若さに満たされたまま
底深い奈落の暗闇へ墜ちた　だから
おびただしい賛否の言辞《セリフ》に汚されたきみを
死の舞台裏で戦慄させていたのは
ぼくの勁い殺意だったのだ

おお　一九六三年六月　ぼくは
五万円也の中古車《ぽんこつ》に揺られて海へ行く
塩を口に含んでぼくの眠りにふける
主役達が不在な休暇の日々　ぼくは
ひそかにぼくの絶望を持続する
果実という果実が口をうるおすことなく
墜ちつくしてしまったから　ぼくは
ひとつの唄も口にすることをしない
やがて　破船の在る地形のくぼみから
ぼくの眠りのなかに高鳴ってくる死者らの息吹き
ぼくはこの囲まれた地形の夜に埋没しに

ふたたびきみの許に戻ってくるか
破壊された　手　腕　首　頭骨　耳　眼球　脚
　指　爪
散乱する地形の難破船の幻影のなかで
ぼくはきみを戦慄かせつづけ
人間の集落の涯まで見透してしまう
きみは笑ってぼくの殺意をうけよ
〈きみは戦場でいくつの顔を砕いたか〉
云い古された言葉の裏側で　きみは
いつもぼくに会っているのだが　きみは
けっしてぼくを見ることはないのだ　だが
きみがぼくを一瞬時忘れ去ろうとも
今日如何なる甘い言葉をも　きみは
恋人に囁くことができないのだ　ぼくは
いま主役達の退場した落し口を閉じる
それから笑ったまま
きみと恋人の真中で眠りつづける　いつか
ぼくの殺意がゆたかな果実できみを死なせるまで

鳥・戦い・兵士・ぼく・の世界

いつの時代の出来事だったか
忘れることのなかから血が記憶の毛細部に鮮
やかに滴る不思議な事件でした
鳥は少しもやさしくなくいじわるでした
昼も夜も疑いが解かれないので兵士たちは列
を組んで何列も街を通り未知らぬ戦場へ出か
けて行くのでした
兵士たちはきっと鳥をさがしていたのです
鳥はやさしくなく残酷でしたから〝くろい果
実にはばたくあかい鳥〟と〝あかい果実に焼
けるくろい屍体〟と〝あかい屍体をついばむ

くろい鳥〟と兵士たちは涯とおく唄って行く時代でした

兵士たちは故郷に帰る道を絶たれてしまったので世界を決して許容しない証人になったのでした

さて奈落の一夜が過ぎて戦場に朝が来ると兵士の屍体が投げ出されたまま平和が訪れたのでおびただしい鳥たちがあらわれておもいおもいに屍体をついばみながら鳴くのでした

鳥はやさしくなどなくごくあたりまえに残酷でしたからけっしてたおれた兵士たちが鳥にめぐりあえたなどとは云えないのでした

鳥は世界の涯の方までも兵士の屍体を喰いつくしました　それで　村でも街でも人々はたのしく〝平和万歳〟〝人民万歳〟と叫んで日々をくらすのでした

この時代にぼくは見ることを止めようとして世界の仲間入りをしたのでした　それで　ぼくは街を通り抜け村を通り抜け裏の畑へ行ったのでした　畑には一頭のくろい馬に鳥が群がっていましたからぼくは〝馬鹿！　馬鹿！〟とわめきながらしたたか馬の眼を打ちました

それで　畑は戦場の跡だったのでぼくは馬の周りをばたばたはばたきながらころげまわり屍体がつめられた地獄の夜へ飛び立とうとしたのでした

街の映画場では日がな一日〝軍馬も濡れた兵士も濡れた　いつまでつづくぬかる道〟と拡声器から蒼い空に鳴っているのでした

人々はぞろぞろ映画場へにこやかに吸い込まれていくのでした

残されてひとりのぼくに何ができるというのですか

鳥はいつもやさしくなどなくごくあたりまえ

に残酷でしかないのです
戦いはいつもぼくの時代に過去の万華を展い
てみせるだけで兵士のしゃべっていたほんと
うの声はいつもフィルム・トーキーの彼方に
消えているのでした
見ることを止めたぼくは一日千年　千年一日
の流れを断ち切ってあたらしい土砂を抉って
は埋めているけど一人の兵士の屍体も一羽の
鳥の嘴もみつけないのでした
いまは　散乱する兵器の破片と兵衣のぼろに
まつわる歴史に戦慄くことよりぼくの街が証
人不在の夜を迎え　まるで　臭気ただようか
つての戦場の裏側の時代だということを戦慄
きながら生きているのでした

にがい季節

あんずはいかが
ばらはあかい
鳥の柔毛に血のしたたる季節
においにつつまれ生きられるか

祈りの言葉に唾を吐きかけてから
〈希望〉とか〈夢〉とか
もう幾年も過ぎていった　それで
ぼくの鳥が息絶えたと思った
ぼくは鼻をおさえて窓をあける　と
一人の女が樹木の下に立っていた
ぼくが何を叫んでもいい日常のなかで
ぼくは忍耐することで生きつづけた
女のなかに鳥の気配をうかがうことで

ぼくの昼と夜の労作が流れつくした
〈希望〉とか〈夢〉とか
祈りの言葉を拒否してから
世界がはっきりみえた
日課は一枚の古新聞でも一冊の詩集でも
なんであっても季節は流れるから
ぼくは女を〈創る〉ことの根元に埋める
それから口笛も吹かず唄もうたわず
たしかな足取りで人々に鳥の在処を教える
街はすでに燃えはじめている
夜がきてから怖さを忘れようとすることで
われわれのにがい季節は生きられない
いまは　ただ　暗い午後に愛を

今日　みぞれは降り込むから
女は記憶の集積場の裏にかがみ込む

そのすきにぼくは女のなかに入る
十年か先の死に会いに行こう
女はすでに祈りの最中に瀕死であろう

今日の午後は暗いのに　なぜ
あなたはわたしをみてくれないの
今日の午後は暗いのに　なぜ
きみはぼくをみることができないの

ぼくは女の死に会うため
慣習の呪文のかげで肥ってしまわない
日々の糧を拒否しても無名の一人になる
暗い午後にみえない女をこの掌で締め
ひそかにきみたちの眼から埋葬する

にがい季節　もう
あんずはたべた

ばらはみきわめた
鳥は柔毛をかきむしった
いいよ
もうやるものはなんにもないよ

詩集『己れのための鎮魂歌』（一九七三年）抄

己れのための鎮魂歌

序章

死者らの飢餓のなか
切り墜とされた夜の境は
涸れたおとのひびきで
嘯風のなかの樹木を薙ぎ払い
おれが行かなければならない旅は
ゆくての空のなかで
志向の変節を予兆して
おれの非望を書き割りしている

ひとよ　おれは
九月の昏い地の情念
裸《あら》わになる意志の原基に
おびただしい死者の呪詛をくみ込まれ
燃える原始の野を幻て立つ
海の領域のふかみで
語りつぐ死者らの鬪歌《とうか》にせめぎあい
無為に晒《さら》された季節のなかを溯行する
いま　おれは
己れのための鎮魂の一節を咽に架け
限りない終息に対峙して佇立する

一章

いまは
己れのためにだけ嘯く鎮魂の歌

ひとはすでに
云い古された言葉の果てに去った今日
病みつづける己れだけが己れに
明日を語り得るただひとつの証し

おれが生まれたのは
表情のなかに表情が覗《のぞ》きあい
おれの顔のうえに他人の顔がかさなり
他人の瞳のなかにべつの他人の瞳が
ひしめきあう地獄絵図の谷間
視界のきくかぎりの空は
廃墟のつらなりを地の涯まで逆しまに映す
何処まで連鎖する
この地上の夜に
悲劇という悲劇を演出して
葬送の唄を鳴らすのはだれだ
一樹の根も地下の熱い心にたどりつけない

この不毛の刻に
汚辱にまみれて　とおく
不信の旅から戻ってくるのはだれだ
毀された手風琴は叫ぶ
爪を剝がれた指は招く
なぜこうしておれは
夜の旅の途上で戦慄くのか　それは
消え失せたおれのなかの鳥が
世界の空の何処にもいないからだ
この日没に表情のなかに表情を覗き
一つの顔からもう一つの顔を剝ぎとり
失くした鳥を瞳のなかにたずねることは
すでに苦々しく孤独な業なのだ

くらい落日の刻に生まれあわせたおれ
唄い古されたアリアの節回しを
退屈になるほど聞かされつづけてきたおれ

それからいくぶん怠惰な休暇の気質に
明け暮れる日々を生き抜いてきたおれは
おれのなかの失せた鳥を射る虚しさに
いつまで覚めていなければならないのか
日夜展かれる地上の祝祭に
ひとつとしておれを悲しませない旅が
はたして在っただろうか
おれのなかの鳥がいきつく処には　いつも
血まみれの羽毛が飛び散らなかったか　明日
おれはどのあたりで
たしかな墓銘の下に休むのか　今日
おれは何処へ行こうとしているのか
くらい通りの陰でくりかえされるおれの自問は
いまひとりの心をも止めることができない
ふけてゆく街のなかでおれが視るのは
生と死の標的赤灯だ
このふたつの指標を透かして

死んでゆくおれと生まれてくるおれが会うとき
おれは世界の隅々まで見きわめ終える

この風景に覚めたときから
黒人霊歌が鳴っている街の扉口で
死の予感を秘め熱い希みに戦慄く胸をおさえ
失せた鳥への頌歌を唱えるのは
胸のはずされた窓から昨日の空へ向けて
飛べないことを知っているおれだ
おお　死者らの黙した口に込められた言葉
崩れはてたかつての建築と建築の跡
死者らとおれがそこで演ずる無言劇
無限に対話は明日を志向するか　いま　おれは
失せた鳥の羽ばたく幻音を
死者らの胸腔のなかに
街角の見知らぬ女の囁きのなかに
恋人の呻きの腕のなかに聴くのだ

二章

昏い空の下世界は　いま
口々に呟き吃り駆けてゆく
ひとびとの群れを繰り出し
昼と夜をかさねる葬いの最中だ
そうして　この地上で　いま
ひとの立ち戻ってゆくべき家に
真当《まっとう》の団欒はない

おれが立っているのはいつも街のなかだ
ひかる泥濘の道の涯まで歩いていっても
いつはてるともしれない自問の日々に
おれはもう放り出された叫びだ
冬はおれのなかの樹木をゆさぶり
おれが未だ生きていない荒野は

死者らをさまよわせたまま
汚ない雪解けをはじめている　おお

海が鳴りつづける
潮は南から北へ墜ちてゆく
死者らは昼も夜も揺れている
北の海で風は終日
高地の頂きに吹きつけているだけだ
測量標的は風氷に晒されている
おれはあらゆる拒否の囲みの日常に臨んで
未だどんな仮面の表情も会得できない
くりかえされる怠惰な営みを墜として
夕にひく塩辛い綱には
忘れさられた溺死者の重い手応えがあり
おれは爛れた海の岸で途方にくれる
喰い入る綱のいたみにこらえきれず
唇に掌をあて労働の傷を吸う

苦渋に裏打ちされた持続のなかで
死者らの瞳をのぞく怖れに戦慄く
〈おれ〉とは地平の涯に綱を投げて
ただひともとの樹木を引き倒すほどの
虚しい行為でしかなかったのか
この不毛のなかの枯樹に
不細工な言葉を彫りつけて涙したとてなんになろ
　うか
〈おれ〉とはそんな恥ずかしい所業でしかなかっ
　たのか
〈おれ〉とはそんな惨めな期待でしかなかったの
　か　おれは
くびをたれる　おれは
たどりついたのか　おれは
行こうとしているのか　おれは
葬列のどこにいるのか　おれは
やがて明ける地平なのか　おれは

くらい鳥の心なのか
空を見上げると数限りない死んだ言葉たちが
いまはひとつとしておれを覚ましはしないのに
　おれは
己れを打とうとしてその言葉を墜としてゆく
おれを酔わせた影たちは流れてゆき
おれの見上げる電柱の端にも架かっていない
これが昨日であり今日であり明日であるなら
これがおれの巡礼の道標であるなら
世界は無残な歴史の形骸の場処でしかない　おお

たしかに輝く窓もない
たのしい唄もおれの胸にはならない
一切の地上の約束に拒否されたおれだが
冬の朝きつい呪詛のなかを
樹木が空にむかって突き立っていくように
たえず風にむかって叫びつづけ

死者らの漂う海と氷雪に閉ざされた岩場の間から
世界のあらゆる地処へ向けて
渇きの最中で放たれた叫び
世界にひびいたはじめての木霊　おれに
辛い夢を喰《は》ませる〈言葉〉をさがしもとめ
くらいげりらの心を抱きながら
おれは旅立ってゆかなければならない

三章

いまはもう
星になろうにも星になれない夜
星になって墜ちようにも
墜ちる地処のない夜だ
おれの怒りは海に漂ったまま
夜光虫のひかりに染まっている

さあ　吹雪の季節だ
船出の仕度に身体を反らせる海の女房たち
厚い肉の縁を海の塩で焼く
なまあたたかくおもい呪詛の計量器をさげ
飛沫を浴びて労働の営みに耐える　さて
おれは
風氷の海に羅針の行方を失くした
流失する死体の表情を識ってから
拒絶された血をたぎらせ生きている
いま　行方なくひろごる海潮のただなかに
おれの掌が拾い上げるのは
おびただしく散乱し流失する悲しみの浮標《ブイ》であり
忘我の闇奥ふかく
かすかなおとをたてて散在する記号のおれだ
このひととき　だれかが
猥雑な愛の一言を不用意にささやくと

死者らはいっせいに血の臭いに覚めるだろう
南の海でも北の海でも
陽炎や極光のなかに浮かび上がるだろう　そこで
生きるとは絶望の作業だ　だから
おれは
死者らをおれの怨念のなかで殺しはてる
ありったけの力で叫び
もてるだけの力で言葉を矢につがえ
おれの肉をかれらの地獄火に炙りながら
死者らをおれの内で黙させつづける　だから
ひとびとはおれについて素知らぬふりをするだろ
う
おれの叫びも
おれの言葉も
おれの死臭も
むなしく夜の闇を流れつづけるであろう
おれはこうして孤立したまま

夜の登場者に終息してしまうか
さだめなく漂流するおれの船首
そこに立てた傲慢な血の旗竿は　やがて
おれの掌ではげしく折られるであろう
そのおとで死者らはいっせいにひとびとのなかで
　覚め返り
おれは死者らを抱いたまま倒れふすであろう
この幻想のすきまに流れついた
屍体の重さに耐えてなおしばらく
おれが生きのびるためには
流失する世界そのもののただなかに漂う悲しみの
　浮標《ブイ》を
厚い肉の縁に繋ぎ止める苦い作業を
おれが繰り返しつづけ
その苛酷な日夜を生きることで
おれの死を確実にし
歴史の背後を世界のくらい陰の部分から
げりらの射程のなかへ照準していくことだ
そのとき　おれの魂は
死者らの領域のなかふかくわけ入り　なお
ひとびとを脅かしつづける明日となる

四章

おれは地上に打ちすえられた石
八十八の宿夜にどれほどの星が
そらに墜ちるのをみたと言うか
万というほどの言葉を費やして
いつもおなじ応えの問をおれは
なぜ繰り返さねばならないか

ひとびとは眼を引き攣らせ口々に叫ぶ
　死者らは

土に葬り海に葬られなければならない　と
だが
いちどだってそのためしがない
死者らは夜も昼も揺られつづけている
かれらが在る昔日の歴史を語ることを
ひとびとに要請しつづけている
それは　昼も夜も
おまえを目覚めさせておくためなのだ
むやみやたら求心するあのふかいそらから
夜の苛酷な慰めを失くさないため
とおい旅のひと日ひと日が　けっして
無為な徒労でなかったのだ　と
おまえに思わせるためなのだ
きのう瞳を輝かせて愛を語った少女も
きょう海に向かって勇気を誓った若者も
欺かれた希いの一日をいつもくりかえし
生き延びてきたおれは

死者らの騒めきのなかで　やがて
きつい悔を草辺になげて
不毛の生涯を野晒しに終息してゆくか
おれはそのようにして地上に乱立する
枯木そのものでしかないのか　いま
林立し傾く塔のなかに陽が墜ちる
おれの構築する死者らの溜まり場は
いっせいに炎の方へと開け放たれる
　にがにがしいかぎりのときだ
　がらすにはとびたつむれのたたくおと
　きらめききらめきにくをさくよ
おれの裂かれた心の方角で
無名の駅は覚め灯をまたたかせた
その肉のひだのなかからひとびとは溢れてくる
丸時計の針のみだらな誘いの刻に
おまえは群れのなかをさまよい
見知らぬひとりをおまえの胸に抱き入れる

おれはその傷のふかさに狼狽する
死者らの眼はいまも充《み》ちているのだ
おれは世界に真直ぐに対峙しよう
ひれ伏す姿勢のまま透視しよう　なぜ
おれはおれなのだ　なぜ
おまえはおまえなのだ　ああ
おれは死者らの視線に貫かれ　いま
おまえをおれの体のなかに殺しはてる　そうして
無名の駅の広場から宛名のない遍歴の旅に出かけ
　る

五章

おれの朝は
火に捲かれた死者らの臭いのなかで明け
　る

ひとはいくたりも
非業の営みの途上で倒れ
季節はいくどとなく
空の彼方から地上を未来の方へ吹き渡っ
　たが
おれは
この満たされた闇のなかで死者らに対峙
　し
かぎりない変節の弾機を撓わせたか

おお　目くるめく惨劇の日々だ

オレワダマッテイタ

トオイノダ
トテモトオクデ
オレガオレオハコンデイクノワ

トテモオモクテヤリキレナイノダ

オモイノダ
トテモオモクテ
オレガキミニアエルトコロマデイクノワ
トテモトオクテメガクラムノダ

オレワダマッテイタ

架橋の真央に立つ
屹立する山塊から吹いてくる風がある
尾根を縦走する血縁の飛沫をあびて
おれにみえない水平の方位を
都会の風影のただなかに透かす
蒼空をながれてゆく呪詛の唄に覚まされ
降りそそぐ惨憺とした陽光に打たれ
声なく熱くなってくる敵意で己れを整える

おお　自由は何処だ
日々のけものみちの営みに盲いたひとの群れ
非望の旗を背にまき血脈のなかを墜下するとき
死者らの表情から滴る営みの痕跡から
ひとよ己れの瞳を逸すな
一挙にやってくるであろう破滅の予兆に
都会の空がおびただしい血で焼ける時刻
すべての夜を墜過して燃えさかる死者らの眼は
存在の象ちをあらわにして
生と死が逆説する自由の領海の縁に据えられてい
るからだ
いま　ひとが別離を叫ぶにはおそすぎるのだ
ひとは悪市《ソドム》の日々に囚われ浸されつづけているだ
けだ

トオイノダ
トテモオモクテトオイノダ

ココカラオレガアルイテイクノワ

オレワダマッテイタ

六章

いま
おれは黙したままの声か

風は地の涯で逆巻き
空は非望の極みで弓張りに鳴る
おれの色調は咽のあたりで紅く染まる
名もなく墜ちていった意匠のこころは
風土の国境で時代の怨嗟をたしかに棲む
ああ　おれは花と鳥と月の美学を手折り
闇のさなか売魂の季節を生きた

この廃屋の日々
目まぐるしい風物の投影にあてられ
ひとの表情は狂気の兆に蒼ざめてみえる
おれはかれにむけて云うべき言葉をもたなかった
か
気象の陰りの底で悪市《ソドム》の一日を
葬いの呆けに眠り込むひとよ
きみはたたかいの初心の日を
もう生きようとしてはいないのか

風にはためく野末の襤褸旗
おれの底部でとよめく唖者の叫び
行方なく拡散した敗残の者らの念力

おれは一腕を真直ぐ差しのべ
荒れはてた北の原生果樹園を指す

おれが幻たひとのなりわいは
未だそのまま灯火の下でほのかだ
ひそかに血の臭いに満たされ恥じらいながら
生きる営みの最終節をきびしく倫理する
ひとは生きる希みのない日々にも
生きる望みの業に架けられて生きたから
ひとはかれの頭をめぐらし里程を推量《おしはか》り
かれの首を振り意志を勁く量り
かれの口器をかすかにふるわせ
声にならない沈黙を語りつづける
この非業のこころを己れに耕《う》つとき
おれは生存の来歴を負い
擦過する星の燃焼をたよりに歩いて来た

いま　おれは
死者らの声と何処で会うか

七章

死の輪に囲まれて
たかく掌を振り
風に吹かれる貌
ひとつの朝が
おれの口腔にもらした夜の声は
世界の悪吐の息を
くらい海辺へはこんでゆく
死者らは　いま
海の径《みち》にしずかに身を起こす

燃える樹葉の並木をきた
光りを切り墜とされた空の下に佇ち
ふと　それ　ひとの業の終りを　と
呟く女の声を聴いたとき　おれは

歪んだ時間のなかではじける火を視た
鳥の飛ぶ行方を決めているのは
吐かれる言葉から乱れたおくれ毛を払うのは
おれの乏しい問は
閉ざされた呪文の日々のなかで
世界の終末を整えてしまったか
死者らは女の瞳のなかで血を噴き
到れる影の真心から
世界の底へ足を降ろしてゆく
おれの漬かっている泥土のくぼみ
ひとびとの渡ってゆく都市の架橋
帰るべき棲家を失くしたとき
死者らはもっともたしかな象ちで
女のなかをよぎってゆく　ひとよ
くりかえし口移しする言葉の
饐《す》えた臭いに塗《まみ》れる貌をおこせ
死者らはかれ自身の瞳の力で
時空の境を切りとっている

八章

　地上で仆《たお》れる塔がある
　空で墜ちる鳥がいる
　海で漂う声があがる
　死者らの意志は
　焼けた希みに架けられた挫折の石

死者らの帰還の方途が閉ざされてから久しい
おれは殺されたものらの帳簿《リスト》を抱えて
地の涯から巻尺《スケール》をひきずっている
投げられた石礫の距離は
死者らの視野のなかで鮮やかな痕跡を滴らせてい
　るのに

計測しえない罪業のふかさは　すでに
おれたちの都市の気象を変えつつある
熱かったら熱いと云ってください
寒くて凍えそうだったら凍えそうだと云ってくだ
　さい
オ　レ　タ　チ　ワ　ミ　ン　ナ
オ　ン　ナ　ジ　ナ　カ　マ　ナ　ン　デ　ス
　カ　ラ

おれは　とつぜん
戦慄《ふる》えだす腰骨のあたりで
死者らの燃えているかたちに触れる
腰を屈めて後と前に頭を廻らすと
闇のなかでかすかにわらう瞳に囚えられる
辛かったら辛いと云ってください
焼けてしまいそうだったら焼けてしまいそうだと
　云ってください
オ　レ　タ　チ　ワ　ゼ　ン　ブ

イ　シ　ク　レ　オ　ナ　ゲ　ツ　ケ　タ　ケ
　レ　ド
イ　シ　ク　レ　ノ　ユ　ク　エ　ワ
シ　ン　ダ　モ　ノ　ラ　ノ　コ　エ　オ　タ
　カ　ク　ツ　ミ　カ　サ　ネ　タ
死者らの無言劇が始められてから永い
おれは倒れ伏したものらの声を抱えて
呪詛の音速を往還するだけか
おお　死者らのなかで積まれ
熱く焼けてゆく石の礫の季節よ

九章

九月
　病みつづけるおれの季節
墜下する光の明るみに晒され

おれは
死者らの拒否の倫理を浴びている
おお
おれの自問のなかに棲息する死者らの沈
　　黙

闘いのさなか
逝ってしまった少女の行方は
だれに聞いてもわからない
どこの家を訪ねてもいない
どんなに耳を澄ましても聴こえない
折れた杖をたかくふりあげて
空の一角を切ると降りそそぐ悲しみに
おれは膝を曲げふかぶかと地面に傾く　と
陽炎の群れ立つ地上の惑乱のうえを
渡ってくる一陣の風がある
吹き靡くおれの髪は
焼却炉のなか死者らの叫びを
風とともにはるか海の涯へはこぶ
死者らは輝く九月の海の焦点で
不死鳥の瞳を見張らせたまま
おれの立っていなければならない地上へ
つよい遠心の力をおよぼしてくる
消えたのは少女だけだったのか
墜ちたのはおれの鳥だけだったのか
燃える廃墟の街に佇ちつくしていた
父と子の姿は母と子の姿にもっとも似ていながら
もっとも異なったひとの径をおれにおしえた
惨劇のなかでの告知は　いま
死者らの瞳にはりつけられたまま
未来をのぞむ窓に架けられている
少女よ
おまえの逝った方角が

おまえの来なかった方角にみえるのはなぜか
鳥よ
おまえの墜ちた地処が
おまえの飛ばなかった地処にみえるのはなぜか
失くしたものを取りもどすことは
失くすまいとする抗いよりも
よりおおくひとのしくみをあきらかにする
死者らの沈黙とおれの対話の拒否が
かすかな戦慄《おのの》きにふるえながら通うとき
おれの自問は急《せ》き込む語り口で　いつも
おれの胸へ還ってくる
逝ったのは少女だけではない
逝ったのは未だ聞かれなかった声だ
墜ちたのは鳥だけではない
墜ちたのは未だ験されなかった希望だ
消されたひとつの悲鳴から
姿を現わさなかった少女の意志を革《かく》さず
飛べなかった鳥の生産を労働しないひとのならわし
少女と鳥の行方にこそ
昨日から明日への軌跡が打たれ
ひとびとの今日が血を滴らせている
この日々ひとは
奈落への恐怖にみずから眠り込み
彼岸花を口一杯に咲かせ笑いあっている
おれは
死者らの黙した口腔に歌を含み
病みつづけるおのれのひと日を勁くする

十章

秋　また
くりかえされる反魂歌

死者らは
　くらい気象の底部で
　　頬を俯けている

怯えるときは叫ばない
眠るときは覚醒する
死者らの刻時に逆説するとき
都市の上空を候鳥の群れが傾く
立ち並ぶ樹木の呼吸は
死者らの沈黙に耐えて
いっせいにおれの息づかいに潜む
おれの眼差しは
地平に臨んだまま還ることがないのだ
死者らの抱えていった意志は　いま
ひとびとの家の扉口を開く軸だ
用意された闘いの日々の失墜を
ひそかに佇んでいるこの意匠

おれは
怒りの石礫を両掌に握りしめ
歪んだ胸腔に熱い呪詛をくみ込み
割れた咽の頂きに
鋭利な悲鳴を突き刺して
とおい蒼空を仰いでいる

不帰の往時
おれが吐く魂鎮めの歌

十一章

　この地上で　ひとは
おおけなき殺意のふかみに
ひとの径を架けて渡った
死者らは　いまもなお

そのふかみでとよめき
海の日々は泡立つ

朝焼けの色がながれ込まぬうちに
谷あいの窪み血縁の集落の扉をあけて
出て行った戦士は無言で掌をかざし
鳥のやってくる原初を射ちに旅立った

かなしみのこえはそらをながれた
いたみのこえはつちにしみた
いかりのこえはやまにこだました
あいのおもいはうみにためられた

鳥が土を飛び立ったのは遠い昔だ
鳥が空から墜ちたのもはるかな昔だ
かれは鳥の胸の真央《まなか》を射抜いたか

ふみあらされた異郷の野辺
ひとむらの野花のほとりに
戦士は鏃に背を抜かれ
血に塗れて抛られたままだ
かれの瞳はまだ濡れているが
鼻腔のそよぎは山からの風を呼ばない
戦士の志向は地の涯から
死者らの時を今日へむけて量り
ひとびとになおひとの象ちをあきらかにする
おれは
この契の秘密から
死者らが生者を浸す海の上を
鳥が飛びつづける意志を生きた

血縁の密会する谷あいの地処に
革《あらた》めの希みに倒れた戦士よねむれ

おれは
その土の上に　いましばらく
呪詛の声を播く

十二章

未だ拓《ひら》かれない地処の夜に
抛たれた死者らは
叫喚のとよもす悪市《ソドム》のただなか
たしかな象ちを兆す未生の朝に対《むか》い
その貌を晒している
死者らの瞳のなかを突き抜ける
はげしいひとの倫理《みち》の視野

おれの明日は
地の軸に架けられた凍土の涯

しずかなおとをたてて燃えている

ぬかるむ土を踏んで歩行の旅をつづけ
赤茶けた丘陵の斜面に身を屈め
ライラックの花の下で
犯された女の死相を視たとき
噴きあげる叫びの真中で
世界は昏く垂れ込めた　その地から
重い雑嚢を背負って帰還の径を辿ったひとよ
あなたは何処の棲家に立ち戻ってきたのか
死者らは　いま
匂う花の咲き乱れる丘のくぼみで
如何なる相貌で空を見上げているか
あなたは告げることができるか
死者らが　ふと
一息をふかく吸い込み逝った
夜明の扉口のむこうで

封じられた日常の昼と夜を積み
出立ちの姿勢のまま黙して久しいのを
あなたは忘れはてることができるか
戦さの日が猥雑な顰《ひそ》みごえで満たされ
殪されたものの受苦の呪いが
海へ吹き寄せられるだけの今日
息の切れる律の極で　おれが
　生きるとはなにか　とおのれに問うのは
死者らの瞳のなかで滴る血の臭いが
おれの希求する革めの意志へ
ぬくもりを通わせているからだ
しらじらと断ち切れてくる地の境界で
　生きるとはなにもないこと　と呟く苦い声が
意志と言葉の端境で妙にくびれたまま
列島の岬に架かっている　ああ
ユウラシヤの影を負う夢の時代
死者らは
澄明な時空を垂直に墜としながら
くずれた沈黙の領域を整えている
おれのなかに身を起こしざわめく死者らの歌
語りつがれることのない黙《もだ》しの熱い呪詛
非望を波立ててゆくはるかな共在への航海
亜寒帯の気象に風化する原生耕土　すでに
おれは蒼ざめる
おれは勁い口器から歯を毀つ
かなしげな心象のなかで
おれの愛は死者らと直情する距離に火照り
おれの髪はけもののみちの異土の空へ吹きなびく
死にゆくものの吐息に触れて舌を濡らし
季節を渡った鳥の幻音を聴いて両耳を立てるとき
不在のまま暮れてゆく世界の日の終りが
死者らの眼腔の奥ふかく展けた耕土の空を
赫々と焦しながら野火となって這い上がる
おれはくりかえされる変節の日に棲み

未だ営まれない街の構図の上に掌を翻す
封じられた死者らの空を吹かれてゆく鳥の羽毛
燃える意匠の片々《きれぎれ》は地の涯までしきつめられる
死者らよ燃えさかれ
鬨のこえのあがる地の幻よ
ふたたび聴け魂鎮めの歌
おれは地軸のきしみに傾きながら　なお
革めの旅への姿勢に耐えて立つ

終章

死者らの十三月
くりかえされる無償の季節
終息のきわの意志は
風の声にのって
地上をとおくまではこばれたか

死者らは　この夜のなか
怒りの驚愕を瞳にはりつめ黙している
おれは畏れる
死者らの叫びが
おれの喉頭を突き抜けるのを

おれは幻る
死者らが漂う海の輝きを
死者らが墜ちた空の蒼みを
死者らが抛られた地の緑を
死者らが封じられた廃屋の窓を

おれは聴く
死者らが告知する世界の終焉を
死者らはたしかな象ちで
時代の証しを昏い世界の端に逆さ吊りしている
地上は亡びの階梯をくりかえす

ひとびとは挫折の途上にいる
この地上に
死者らが立ち帰ってゆく棲家はない

疾く
地に帰れ
死者ら

おれは　いま
鎮魂の一節を嘯く

詩集『海紀行』（一九七五年）全篇

海紀行

巡礼

九月出立つ巡礼よ
たたかいの四季を生き
過ぎ去る歩行のさなか
昏い列島の気象の底へ
肩を切り墜としてゆく

風にのってはこばれるか
空中にそびえる樹葉からこぼれる囁き
とおくけものみちの足跡を追い棲みつく意志

蒼空にみなぎりついに墜ちることだけを
待たれている季節の澄明な航跡
生きている　とは
途方もなく遠くてなつかしい　と
いま嘯くことは許されないのだ
海の水底ふかくからとよもす鳴り
風のままに陸へ吹きよせられる意匠の叫び
白い雲の点列する下に据えられ
わらっている瞳の求心する深みで
くらい色合に冒されたこえは
かぎりなく地の境に降り込めている
諸々の死の呻きを擦過して
時の明日を銜え此処の地にきた群れよ
無化された意志の無明の昼を
なお晒されて嗟嘆に耐えるか
魂魄は裂けた時の台上で
呪文の綴りを血のなかに垂らしたまま

たたかわれなかった未来への幻視に黙し
巡礼は
ほの白む未明の暁まで
肩を殺《そ》ぎ墜とし歩行へ暮れる

北系原始回帰族

語りつくす極みで
発生することばがある

死にたえる地処で
生きつぐひとがある

夜の始原はどのあたりで
昼と裂けてひとの営みへ回帰するか
たえまない海の轟きのなかで

くりかえされる意志の嗟嘆は
おまえの瞳のなかを墜ちてゆく
土へ帰る方途を失い
ひとのなかに棲む情念《こころ》
ひそかに用意された破戒の調律を肩に架け
海を渡り歴史のこちら側へ渡ってしまった
北系原始回帰族のおまえよ
意志に急かれる希求を照準し
荒れる海の彼方から
宙のかげりを額にやどし
いとなみの汗と疲労の体臭を呼びつづける
ひとが吐きつづける呪咀の色調のなかで
世界は
今日　昏れている
ひとの時代にのこされているもの
北限の一片《ひとひら》の原生裸子植物の花
南下する生命群落の位相に
存在の極みを打つ涯の営み
単一な生命空間の呪咀の花
花粉は風にのって
飛ぶ
飛ぶ
原始の父よ
あなたは未だどこにいるのか
原始の母よ
あなたは未だそこにいるのか
鳥がひとの棲む空を飛揚するのは
わたしたちのためではない
鳥そのもののいのちのためだ　だが
鳥の渡る行方をひとが見きわめるのは
わたしたちの時代そのものの象《かた》ちであり
ひとみずからのいのちのためだ
鳥の墜ちた処にこそ　ひとは
北系原始回帰族の故郷を幻る

時代の制約の原初の土地がある
一握りの非望の土
鋤と鍬の刃型をしるされた
おまえの永久凍土の地
白い夜のとばりは　すでに
極光の色彩のひだで
望みない日々の形象に精をだす
おまえの労働の渦中の貌を
時代の空に昏く映し出している

幻の海

海が暮れかけると
北風のなかで
頬を紅く染めながら
血は渦を巻いて
毛細管のなかを墜ちていった
かたく結えた
蟹状の足が砂を掻く
地球は未明の方へ角度を廻らす
おまえの視野のなかで
声なくはじけ散りながら
飛びだす鳥たちの叫び
さむい風に吹きさらされて立ちつくす
身体の不均衡のなかに吊されている
下半身の薔薇よ
目くるめく不安の日々に
沈黙は燃えつくそうとしている
ほら　おとがするよ
耳を澄ましてごらん
あっ　焼けつくよ
眼は両掌で蓋わなければ
寄りそうおまえの体を通って

しずかに視野の核を冒してくる
両脚の下垂の火照りを浴びたとき
とりが怖いの　とっても
なぜって　わけもなく怖いの
呟くおまえの恐れがわかった
海の原へ天駆ける直きまえの
二つの翼はもう傷んでいて
冬のつめたい風のなかで煽られている

幻の海のほとりだよ
おまえ
墜ちるために飛べ

地の影

防潮の泥溜りを跨ぐ
おおきな影のうしろに
足形の跡が傷を膿む
腰まで漬かる息に
くらい気配を漂わせ
ひかっている眼は
血の祝祭を幻《み》つめて
夜のなかへ開かれたままだ
噴きだす
蟹のあぶく
ぶくぶく
横這いのうごき
無格好な叫びの姿態
わらう
哄笑の喉仏に
突き刺さる棘のいたみ
抜けないさ
ぬけない夜尿のくせ

きずぐすり
尻に貼りつけ
臭う口をあけ
夜の穴を引き抜いても
だめさ
だめだよ
きたの荒地には北の星
みなみの海には南の星
ひがしの空には東の星
にしの山筋には西の星
きらりくらがりを飛ぶ
ほし　ほし　ほし　ほし　の星はひとつ
血族あげて滅びの最中の野辺耕作
群がる修羅の炎に炙られて
けものみちの長旅に頬を殺ぎ
腰のよごれを身に晒し跨ぐ

海紀行

季旅の底ふかく佇ち
情念《こころ》を絶つ
夢はげしく降る最期の海

*

ことばのなか
たかくつまれもえている
骨がある

海浜の幻視
くるめく日輪
風にそよぐ鼻腔は殺がれ
散乱する候鳥の羽毛に

昏く沈む嗟嘆の気象
風の死に絶える海の辺りで
酸性の湿気を吸う息は
夢のなかに吊された貌から洩れ
土中に根毛をふるわせる呪咀の音律を
惑乱する血脈のながれにととのえる
陽炎の陰に縁どられた耕土のきわ
海へ墜ち込む意志の坂みちを
びっしり埋めて迫り上り
生いしげる草樹の葉緑のうえ
風にはこばれて飛ぶ種子が
血の痕跡を点々と滴らせる
ひとは　いつも
かれの眼《まなこ》を海と地の吃水に据え
海風の煽る方へむかって姿勢を傾け
ひかりが降りそそぐ真昼の地に
おのれの影を倒したままだ

晴れた空の下で
いっせいにひらかれた瞳の真央《まなか》に
まるく遠心する世界の風景へ
わずかに掌を翳すと語りだす海
項垂れて歩行の足を止め
風影のなかを木精《こだま》するこえに
土に耳をおしあてとおくまで聴き澄ます
ひとが失った地処は　いま
言葉の境界で区切られ
ひとびとは死者の骨を踏みしだき
唇を汚して唖者の一日を暮らす
越境する旅へ出てゆくひとよ
首をめぐらして視つめる瞳に
墜ちてゆく海の極みを語れ

旅の終焉はどこか

＊

ひとは地を放たれ
そらとうみのさかいに
揺れる

赫く炎える陽の水落《みぞおち》へ
船を出して逝ったたちちたちの声は
ははたちの悲惨の唄に語りつがれ
眠れぬ夜に櫂を漕ぐおとにかさなり
耳の奥から鳴りだす
還れない旅の時間を辿り
いつか展かれる不毛の海の市場
背に荒廃する耕土の意志が迫る
野の涯に群れ立つ
陽炎
切って墜とされる顔

耳を欹て
悪泥のなかから
臭をぬく口臭
酒気を吹きちらし
夜のそらを渡る
呪咀の祈り
覚まされたひとの
瞳へ吸い込まれる
叫び
声
唄
黙す喉の奥へ落ちる
ひとが結えられる綱を握り
昼も夜も抛げつづける
漁撈の網へ架かる
閉ざされた地の実りを拒み
海原へ出かけていったたちちたちの声が

たかい山の頂きを羅針に据え
垢にまみれた港へ還ってくるとき
風は
沖の湿りと塩をははたちの耕土へ吹きつけ
地の実りの呼吸《いき》とにおいを沖へはこぶ　なぜ

ひとは
労働の一日を昏くしているのか

*

ひとが踏む
地はうみへむかって
ながれる

ひとは飢え
哭《かな》しみに急かれ

河口の砂州まで辿りつく
鏃をつがえる足が傷つき
未明の闇の底へながれる
ひとが
叫びを言葉に量った
原初の沈黙　いま
架橋は堅固に構築され
河岸の堤防はしろく陽に映えている
だが　やはり
ひとの踏む地処は海へながれている
遁れられない世界の下垂から
未明のひとつむこうの夜へ旅立つとき
ひとつの日常は不毛の割けめから覗かれる貌
言葉は吐かれることを拒否して唇に架かる
地球の重力よ
片脚の下垂よ
燃える花芯の炎よ

海に漂うひとの部屋よ
血の滴りで
夢のなかの物語を彩り
仮睡する夜の都市の空を焦せ
荒廃する地球の貌を量り
夜の方へ投げかえせ
ひとの故郷は海の水底
三葉虫の層の下
なお　三葉虫の時間のずうっとむこう
言葉が叫びの化石になる
血がおとをたてて墜ちる肺腑
未明の唄の生まれるところ
労働の倫理の研ぎ澄まされる地だ
数えきれない血に塗れた貌が
未生の生命をしばたたかせている瞳
その虹彩から　明日
海の唄が聴えてくるから

地は叫びを埋めてとおくながれつづける
ひとは　いま
言葉の海に棲む

＊

ひとは
極の柄に架けられる
たましいだ

風に吹かれてきしむ北の扉から
星座の指針を測るとき
列島の漁《すなど》りの影が
かずかずの獲物を肩に負い
血族のけもののみちの夜光に照らされ
海のほとりに浮かびあがる
還って来なかったのはだれ

死者の径《みち》へ逝ったのはだれ
云い慣らされた夜を潜りぬける白い脚部を
もうひとつの夜へ踏み入れると
眼差しは燐の光を放ち燃えた
見透される地界の涯で
語部《かたりべ》は呪文を海へ解き放とうとして
腰に粘りつく血の臭いが
湿泥の潟にただよいだす　すでに
たたかいの日の唄は
語りつくされてしまった
いまは海沿いの丘に登ってゆき
奇妙にあかるい薄明の球体のなかに立ち
露に濡れた花を摘もう
ひとつなぎの花輪を首に編む
花の真央で翳りながら微笑む眼差し
その視野のなかに展けた幻視のくに
咳込むと散る血沫を浴びて

笑っている瞳がきえた方角から
　ひとは
銀色にひかる海の空を
　もうひとつの闇へ渡る意志　と
語部の繰り返す呪咀のこえが　かすかに
〈今日〉の方へながれてくるから
〈明日〉は言葉の鎖につながれて
闇のなかへ逝った死者の首に架けられる
ひとは　もう
行かなければならない

＊

ひとは
ことばのうみに漂う
記号だ

言葉のなかで
だれにも知られずに
暮れてゆく昼がある
ひとは
日常の裏でだれと出会ったか
告げることができない
海は
記憶を喪失する
世界の囲みのなかで揺れているだけだ
たとえば
さんさんと降る陽の光をあびて
並木道を見透すと
とりはらわれた景物のひと処から
茫々とひろがりだす唄の気色に
ひとが触れなかった時間の傷が
鮮烈な血で往還を染める　まっすぐ
くらい瞳のなかへ濺ぎ込む憎悪

たとえば
夜半の十字路を
おもい足を引き摺り渡ると
赤い信号《シグナル》が明滅する洪水のなかから
擦れ違ったさまざまの貌が起ちあがり
凝眸《みつ》める視線は夜の底へ像を結ぶ
ひとは
日常の敷地から言葉の海へ
昏くただよう薄暮の街で
置き去りにされた唄を抱え
ひとびとが行き交う高架の上
耳に掌をおしあて佇っている時刻
海は地下の橋脚に轟きながら　ひとり
魂の依拠する呪咀を呟きつづける
〈希望〉の行方に視野を馳せるとき
沖までの時間はもうすぐだ
未生の領域から今日の不毛へ

ひとは
漕ぎ出してくる

＊

　かぜはうみのうえ
　ことばのみちを吹きぬけ
　窓をたたく

海への径を辿り
風とともに旅立つひとよ
無言劇の終る日はちかい
樹木のそよぐ構図のなかを
窓をひらき歩みだす
夜から夜へ渡る意志を抱え
炎える夢の時間のなか砂の粒を口に溢れさせ

いかなる歴史の手垢に汚れた伝言も
吐くことを許されない海の旅の途上
氾濫する言葉の日常から
恥辱に塗れた〈希望〉の在処を
指を折り数えあげる
とりは
低くただよう流域の靄を切り
頂きを屹立させる山塊のうえを越え
吹き渡る四季の風のなかを飛んでゆく
ひとは
湿泥の潟をぬかるむ海辺巡礼に暮れ
言葉のなかに込められた叫びの傷に耐えて
とおくまで黙視の合図を送る
おのれの口を紅く染めながら
　ながい道のりの涯に
　美しき海と地のきわみを幻たか　と問う
ひとは

立ち戻るためにもうなにものも失くさない
たたかいのために言葉の日常を失うのだ　なぜな
　ら
言葉は時代に咲くあだ花ではないからだ
血の口臭に満ちたはははたちの呪咀に急かれ
夢のなかからちちたちの意匠の境まで馳せた
労働は悲惨によって生きられる　いま
瞳をおこして凝視する時空
地と空の境に揺れる海の泡立ちに映る
手まねきする神の名残りを墜とせ
ひとは
もういずれの地にも行く必要はない
ただ　言葉の意匠の底を
櫂で切り拓く日を積みかさねる幻視だ

旅の終焉は何処か

＊

ははを抱え漂泊にくれる
海紀行
幻視のくにを負い途絶するか

光炎

光炎

向日葵は
地軸に懸垂して天に逆らっている

ひとは忘れたのか
ひかりはくるめき

暑気は渦を巻き
地球の一処に亀裂が降った朝を

そこからあがった叫び
そこからただよってくる臭い

　ヒロシマ
　ミドリ　シタタル

　ヒトハ
　ドコヘ　イッタカ

晴れた午前の地に影を焼きつけ
黙示の下で毀された家と愛と肉体
燃えただれた屍体の刻限はいつ終るか
廃墟の街で水に飢える向日葵から
刻印を負った種子は風に吹かれて散り

その一粒が二十八年めの北の朝
炎える花粉を柱頭にふるわせ
虚妄の営みを怒り天に対《むか》う

海の方位

秋

樹心さだかに影を墜とさぬうちに
おれを吹きぬける一陣の風のこえ

いま
迫《せ》りあがる
北の海の方位

　海へ行こう　ね

海に

おまえ
しらじら裂けてくる夜明けを
ふたりで耳を澄まして聴こう

海辺ひとりの語部が座していた跡には
かすかに血の匂いがしていて　そこは
三葉虫が埋められている言葉の在処だ
おれとおまえは
ひとの視界に繋がれて黙すとり

九月
おれの生誕の季節
海の方位に幻える貌が熱い言葉を吐く

走れ

北の極は
かすかな軋みで回る
地の涯は
季節のかげりに昏く覆われる　いま
子どもらは何処の空へむけて叫ぶか

かつて　この弓状に連なる列島を
数粒の籾　縄目の土器
光る石の刃器を携え
星明かりをたよりに移ってきた群れびと
集落の辛い労働の日々をささえた女たち　今日
虚飾の言葉で笑みを交わし合い　背をむけて
ひそかに蔑《さげす》みと差別の人差指で時を計り
貧しい生業《なりわい》の夜辺に快楽を被せ眠る女たちよ

己れのうちの虚偽を己れ自らの貧しさで怒れ
怒りのない愛からどんな子どもらが育つか
ひとの営みの原初《はじめ》の日を生きるために
走れ　海にむかって
はじめの朝のごとく砂上に佇ち水平をみよ
走れ　山にむかって
はじめの昼のごとく尾根に屹立し地平をのぞめ
走れ　河にむかって
はじめの夜のごとく淵から水底の深みをのぞけ
未だその処に横たわる非業の死者ら
この怒りの最中に己れの子を生まずして
どうして生命の若樹がこの土に根を張れるか

北の極に光を直視する
子どもらの瞳が
おおきな叫びに充《み》ちて
世界の空にはりつめている

飛ぶ

北斗の柄が刺さる
ひかる極光の揺らめきが
丘の端を明るませ
地の実りの歴史を映す
おれは
草むした古社の石段を踏みつけ
いっとうたかい処へ
おれの身体を引き摺りあげる　と
吹きつけてくる夜の息吹き
空と大地の両極に潜められてしまった
ひとと自然の闘いの痕跡は
灯火のまたたく都市の空間を拒み
ひとの心にはくらい風洞が穿たれ
荒涼とした風影の列なる闇のなかで

炎えあがる地の群れの乱舞を幻る
怒る鬼の相貌は照らしだされ
呪文の音声は風のなかをただよう
樹木がこだまする精気を浴び
おれは
夜のなかへ
飛ぶ

秋声息

北へ移る季節の気配に咳ぶき
未明のくらい床のなかで覚める
いまは郵信も電話も睡り
心の芯の熱をつたえない刻
聴こえてくる秋の返信

あなたは
　この街の秋がとても好きでした

老母の呟きが白い骨箱を抱え渡った海
はげしい船揺れに辛い仮眠の夢を裂かれる
とおい記憶の日
十字街の忘れた喫茶店から夕焼けの空に
たかくバッハの遁走曲《フウガ》が鳴りわたっていた
海峡の向うの街の丘　その処から
眺望する風景の幻視がわたしのなかへ
未だ墜ちつづけているのに
ここはもう秋だ
あなたがた二人が連れ立って歩いていった
グラウンドの並木は耀く金の色づきを散らし
河瀬の音は静冽なひびきあいで
空を切りとる丘崖の面を打っている

達者で
生きていてください

わたしは
肺腑をつく夜気を一息ふかく吸う

陸橋の上から

寒風に吹かれ陸橋に立つ
北から南へ脚下を流れる鉄路
おれのなかへ突き上げる轟き

風と旅立とう　と
地下道の暗がりをくぐりぬけ
向うの街並みへ貌をだしたのは
あれは　いつの年の冬の広場か

疾走する列車の窓に頬をよせ
温熱器《スチーム》に脚をかたく組みあわせ
労働の旅へ出かけていったひとよ
縄目の捩れをきつく魂に巻きつけ
都市の建築の吹き溜りのなかで
耕作土への愛憎の温《ぬく》もりをあたためながら
みはてぬ夢のさなかで地唄を呟く
かれは　流亡する耕土の幻を背負って
戻らない時間を辿り
どんな営みのみちを還ってくるか

おれは　ただ
凛冽の冬の気配に満たされ
駅を捨てて走り去る一列の車窓へ
架橋の上からひそかに合図の掌を振る

節季

北の界
街道を海へ
山おろしがむかう
吹き晒された赤い耳朶に
節季の鬼が遠吠えをたたきつける
ははよ
わたしの悲しみが吹きだしたのは
雪をかぶる列島の背骨が
集落の彼方に聳えるあたり
わきあがる雲の表情を視たときから
あなたの踏み出す足並みに
運搬車を押す子どもらの呼吸《いき》がもつれ
街道をひたひたと年の終りを運んだときです
ははよ

土を追われたわたしが
ふたたび測ることのない故郷の気象のなかを
節季の鬼は行き暮れています　そうして
都市に棲むわたしには計測された年が明けます
子どもらは虚妄の時間を耕すべく
あなたの惨劇の歴史を胸に抱き取り
北への志向に明日を覚めるのです

広瀬川

北へ空を切り墜とす山顚
茫々とひかる枯葦の河原
鬱積する気象の球体のなかに佇ち
おれは　むかし
唄った

川の語る歴史はやさしくない
どんなに耳を澄ましても
瞳を凝らしても
地軸のかすかな傾きに
水の行方は　いつも
土のなかに埋められた言葉と貌
ひとの営みの血を通いぬけ
死者が揺りあげられる海へそそぎ墜ちる

おれが
川口の港から
ひとと自然の闘いの記憶をたどり
古代の扇状地
化石の層を積むこの街へやってきた日
街は西北からの風にさえぎられ
川に寄りそう五つの峯に抱かれていた
　亀岡　青葉山　経ケ峯　愛宕山　茂ケ崎

街を二つに断ち割ってうねる川の上に
九つの橋は陽に映え影を落していた
　牛越橋　澱橋　中の瀬橋　大橋　評定河原橋
　霊屋橋　愛宕橋　宮沢橋　広瀬橋
崖をすべりおちる水ぎわに
十三のふかい淵が湛えられていた
　巻淵　賢淵　藤助淵　観音淵　新兵淵　松淵
　澱淵　胡桃淵　六兵衛淵　早坂淵　源兵衛淵
　唐戸淵　西光院淵

ひとは
五つの峯をあおぎ
峯に社を祠り　峯を越えていった
九つの橋を架け
橋の上に佇ち　橋を渡っていった
十三の淵を名付け
淵の底を覗き　淵に呑まれていった
ひとは　こうしてかれの営みの日々に

街に棲むことの意志を記したのだ
おれは　かつて
五つの峯の頂きに登り
九つの橋を渡り
十三のくらい淵にのぞみ
貧しい青春の化石を時のなかに積みつづけ
いま　視野の奥に如何な風影の像を結ぶか
橋はつめたく金属のひかりを映し
鉄塔と電柱の架線はオブジェの樹木空間を
蜘蛛の巣のように張りめぐらされ
飛行するメカニズム物体の影が網にかかっている
河原の瀬はコンクリートで整地され
葦と灌木の群落はとりはらわれた
水は自生するいのちを失くしつつある
都市の溜息を吸い込んで
川は息絶えるきわの大蛇《おろち》のように横たわる
芒が揺れる河原に佇っていた

朝のひとはどこへいったか
光が降りそそぐ橋の上で笑っていた
昼のひとはどこへいったか
崖の緑のなかで滝に打たれていた
夏の祈りのひとはどこへいったか

おれが幻たとりは何処の空へ飛んだか

アノヒ　タツノクチノタニノウエ　ニ　カケラ
レタツリバシ　カラ　フカイタニソコ　ヘ　ト
ボウ　ト　シテイタ　オレノヒトミノナカ　ニ
　ガケノハシ　ニ　サイテイル　アカイツツジ
ノハナガ　モエテイタ
ソノトキ　オレノココロ　ガ　ガケノイワ　ノ
　オモテノカガヤキ　ヲ　ウツシテ　コダイノ
タイヨウノヒカリ　ニ　サラサレテイタノヲ
ワスレナイ

オオ　マボロシノハヤブサ
チョウゲンボウ　ヨ
ソノトキ　オマエ　ハ
オレノムネ　ヲ　ウチニ　キタカ！

列島の背骨の山脈
奥羽船形山の襞から這いだす広瀬川
街の西北から水の舌をのばして蛇行し
五つの峯を廻り　九つの橋を潜り
十三の淵を渦巻きながら
西南に開く平野のただなかへ抜けだし
蔵王の山塊からくりだす名取川と
土の婚姻をして海のさなかへかえる
おれが夜ごと聴きなれた
土と水の語らいは　いま
都市のなかで暮らすおれの記憶のなかで
しずかに水位を下げてかすかになり
風はもう川の故郷の匂いをはこばない
あの日　おれが
埃の舞いあがる街並をすてて
川の源へさかのぼった日
風は水源池の谷あいから緑の精気をはこび
少女の髪は初夏の陰りのなかをひかってなびいた
川とともにながされ
海へ伝えられたおれの物語りは
今日　海の季節から還り
川をのぼってくる海鳥に託されて
鉄橋の下で羽根を休めている
とりのかげの流れる底ふかくしずむ貌
みつめるおれの視野のなかに
みるみるあふれてくる水の氾濫
川は　むかし
橋を架け堤防を築くひとの仕組みを怒り

この街に洪水となって押し寄せた
海へ直情する水の意志に
古代の地層は抉られ
化石は陽に晒されて瞳をひらき
ひとの歴史を未来へ映したのに
消えていったのはなにか
きびしい風土の境で
必死に水との抗いに明け暮れた労作
土に植生する草木の勁さから
ひとが生きるかなしみを耕していたとき
農士は川のいのちを地底ふかくたくし込み
変容しない耕作の倫理《みち》をひとに耐えさせた
ひとは水の階程に愛を埋め込み
語られる言葉の塩基に血を滴らせた
いま　おれの瞳のなかを浸食する都市の貌
土と水と空と海を支配することで
固められてゆく都市の内腔は
かぎりなく荒廃しながら
土の棲家から死者を追い立てる
かつてひとが葬られた土に水と血を返せ

ひとの営む言葉を
叫びの息吹きとともに甦らせよ

ムカシ　ヒロセガワ　ヲ　ハサンデ　ナンチョ
ウノグンゼイ　ト　ホクチョウノグンゼイ　ガ
　タタカッタ　ミズベ　ニ　タオレル　モノノ
フノ　チ　ハ　ナガレタ
コノ　ユミハリノシマグニ　ヲ　フタツニ　ワ
ケタ　イクサノキセツ　ヲ　カワモ　フタツニ
　ワケタ
ミナミノクニ　カラ　キタノクニ　ヘ　クダリ
　タタカッタ　モノノフノ　イノチ　ハ　ナニカ
オレ　ハ　カワノホトリ　ニ　タタズミ　ヤマ

カラ　フキヨセテクル　サケビ　ヲ　キク

オオ　マボロシノハヤブサ
チョウゲンボウ　ヨ
ソノトキ　オマエ　ハ
ソラ　ヲ　キッテ　トブカ！

北の気象の底を切る水の川
建築でさえぎられる都市の地平
幻えざる道へ渡る橋の上に佇ち
おれは　むかし　唄った

川の語る歴史はやさしくない
どんなに耳を澄ましても
瞳を凝らしても
地軸のたえない軋みに
水の意志は　いつも

土のなかにひとの痕跡を晒し
地名をおれの時間の方へはこび
死者たちの棲む場処を証す

「異徒の唄」補遺

登場

むかし日本に
近松門左衛門という文人がいて
浮世の波の底に沈むことに願かけた
かれの文《あや》なす心象に
町々には涙が溢れ
無遍在の敗走へ道行きをする

男と女の影が昏い地上を彷徨い
近松はひとり昇天していった

かれは　いま
鼻眼鏡をかけて
学問の府に生き返り
いささか奇妙な女と男が
この国の夜を道行きする

ぼくは
ここで登場しよう

世界は
口に溢れる苦い季節だ
だれが
はげしい拒否の身振りをするか
一瞥の眼差しの虚しい時代

ぼくは
くらい心を抱いて死者の穴の淵に立つ
今日こそおのれの背理を見極めよう
無意の風俗の底で睡る死者の数だけ生きる

唄う

　みなさん
ロシア農奴の唄を忘れたのですか

きみは知っていますか
四丁目の角を曲って裏道のはずれ
丸太作りのバー「Donzoko」を
くらい地下の隅でわめいていた奴を
ぼくを忘れたのですか　ええ
あの穴倉の底でロシア民謡を唄っていたぼくです

ぼくらの戦列は散り散りにちぎれた
北風に吹きさらされた冬空のしたの街
魂を突きあげるものでなく
魂をそっと撫でさすり怠惰にする日常に
おお　詩的な気分《ムード》がいっぱい
やわらかな「現代詩」のソフト・クリームはいかが
ほら　あのぼくを御存知てなわけで
きみが知らないと云っても
ぼくはきみを知っている
どこの国のどこの街角で出会っても
きみの瞳をまっすぐみつめながら
ぼくの腕をのばし
きみの名前を呼ぶことができる
安値で買いたたかれる「現代詩」の過剰生産
むなしく空を流れてゆく呼び込み口上
魂の救済事業団で楽器を鳴らし

アルバイトする詩人の慄えるアル中の掌
さて　ぼくはだれなのか
きみはだれなのか　解く秘密は
ぼくはぼくを愛していること
ぼくはぼくを嫌悪していること
きみはぼくがだれかわかったか
瞳をあげてこの顔をよくみておくれ
表情と顔とは別ものさ
「言葉」と「詩」と「政治」と「言葉」が同じで
別ものなように
きみよ
蒼く昏れてゆくこの国の気象の下
かつて貧しい戦列のなかでぼくら
精一杯の呼吸《いき》で唄っていた意志
ロシア農奴の唄を忘れたのですか
闘いを唄って済ますことはできないけれど
唄いながら闘うことの日は生きられるのです

しんふぉにいは終るか

照明はいっせいにシンバルの焦点に降り込み
狂いの季節が展くのを希んで　静謐の数瞬間に息
をひそめる群運動　やがて振り降ろされる夜のな
か　ぼくら
打ちつけられては震える鞭のひびきに　ひかる

カガヤクアサマチノトオリデ
ウタイナレタシンフォニイノヒトフシヲクチズ
サミ
トアルイッケンノイエノカベヲタタイテ
ナツカシイヒビキニミミヲスマスワケニハイカ
ナイ

テンニムカッテアカクネッシタ
イシノハシラヲサイゴマデツキタテ
ヨルノマチノナカデモエツヅケテイタ
キョウカイドウノイシノカベヲタタクコトカラ
アスヲハジメ
モエルホノオノホテリノナカデ
テニドロッチヲニギリコゲクサイコメヲ
クチニカミシメテキタ
タタカイハオワッタノデスカ
ワタシノスンデイタマチヲマヒルノヒカリヨリ
モ
アカルクキワダタセテモエアガッタ
アノタタカイノヒハオワッタノデスカ
アルアサシンフォニイガオワラナイウチニ
ミシラヌヒトリノオトコガ
ミナミノトチヘデテイッタママカエラナイ
ヒカルアサ

ホントウニタタカイハオワッタノデスカ

記憶を拒絶した狂いのさなかで　夜　鳥が一羽
燃えながら　墜ちた　ぼくらの夜は覚まされる
認識の頂きを突きぬけ　燃えつくす乱舞の傷み
が走ってゆく
おお　しんふぉにいは終るか
感覚の座標軸の上を　わずかずつ転位しなが
ら　世界の背面へ運ばれてゆき　夜のなかで待た
れつづける　ぼくら
死者の眼差しのさなかに顔を晒す

存在

存在の始源に縊れ
わたしが少年であった日
夜が怖くてしかたがなかった
朽ちかけた藁葺き農家の座敷で
母がふいに見えなくなってしまった
年老いた農婦の頬には
なにかが隠されていたのだが
わたしは
父がとおい満州へ行ったのを
夢と未知の無惨な対話にしていた
わたしのメルヘンのなかでは
蜻蛉の赤い尾は細い糸で切るものだから
ひっそり鎮まりかえった世界の囲みから
ひたひたわたしを取り巻く足音がすると
影のようにしのびよりわたしを打つ影が在る
わたしがはげしく窓に石を投げると
農婦の頬にばっくりわれた腫れ物が
いつまでも閉じないので
わたしは

高熱を額に上らせ
未だきつい呪咀のなかに棲んでいる

部屋のなかの景

入っているのはだれなのか
嵌められた窓はひかりが眩しい
臥せっている寝台《ベッド》は背骨がいたい
一人二人三人四人五人六人……
囲われて十人
一つ二つ三つ四つ五つ六つ……
並べて十床

扉はただひとつ　昨夜
そこから出て行ったのはだれだろう
此処の共同体には「四」と「九」がないのに

四台×二＝八台の広さに十の寝台《ベッド》が並び
柵の物入れ《ロッカー》は八つの間口に
十人の過去がぶち込まれるから
住人たちの患部はいつも火照りを帯び
お互いの死臭を嗅ぎわけながら
明日を昨日と腐蝕させてゆく
日々の営みに咳込むだけで　もう
だれも幻の花を視るのを恐怖するから
未来の啓示を両手に捧げた人は
扉はただひとつなのに
如何なる衣裳をまとっても還ってこない
夜半不眠の入口で
茉莉花の香を漂わせながら
必死にひとびとの髪をたたいたのはだれだろう
腕を伸ばして扉を引き開ければ
たしかに幻ることができた花なのに
いまはどんなに期待しても季節は逝った

朝
窓から十の寝台《ベッド》にひかりは墜ち
八つの物入れ《ロッカー》に十人の現在が忘れ去られ
九人のつめたい凝視のなかに囲まれて
痩細った老人がひとり
背を波うたせ鮮血を吐きつづける

異徒の唄　5

喜劇は喜劇だろうか
悲劇は悲劇だろうか

悲劇は
　男と女　ハムレットとシェークスピア　チャッ
プリンとナポレオン　モンローと動物園　その
他……

喜劇は
　ぶたと食卓　さると刑務所　ちんぱんじーと議
事堂　ごりらとモダンタイムス　その他……

どこか
とおい方角で火花が散ると
それ！
「戦争」だ「平和」だ　と
勿体ぶって声高にわめくレアリスト諸氏
まるで風に吹かれる柳の枝だ
風に飛ばされてきた言葉を
所かまわず街中べたべた貼りつけて
武装した前衛になります

今日　どの道を辿って行こうと
ぼくの世界のなかには　もう
かれらと触れあう場処はない

だから　昨日の道で
〈世界は悪すぎる〉　と
反吐を垂れ流していた男よ
きみは「戦争」が何かを知っているか
昨夜み知らぬ男の腕に抱かれて
〈世界はまっくらくらの闇のなか〉　と
痺れてしろい喉を反らしていた女よ
おまえは「平和」が何かを知っているか
一刻もはやく時代の論理のくびれから
きみらを埋葬してしまいたいのだが
なぜか咳込みそうで困っている
この風土の夜は明けきったか　と
首をわずか廻らしても
唄うのが嫌になる　それで
埋葬の営みの日々から手を抜けず
ぼくはやはり唄いつづけるのだ

これじゃ
如何様師になるには始末がわるい
ぼくは憧れた　おお
空中から逆さに架かり
世界を見渡す道化役者に
地に鞭を打ち獣を操る調教師に　でも
ぼくのけものは何処にもいない　だから
男よきみの尻を
女よきみの魂を
どれもこれもぴしり鞭打って
溝のなかでの宴といこう
埋葬の儀式うちきりといこう
喜劇も悲劇であり
悲劇も喜劇である

死者らは「革命」の言葉のなかで目覚めていて
夜も昼も世界の終末の方角からぼくを視凝《みつ》める

その日　世界の市場で
下手な前衛の戦略は武装を解除される
いま　ぼくは
くらい日常の穴のなかで鳴るバラライカ
濡れると気が狂う雨の降ってくる季節
死者が語りだす日まで生きなければならない

異徒の唄　6

　　マゾヒスト一人誕生

言葉が一つの唄にならぬ日に
扉はあらあらしく閉められた
誇りと中傷は
ぼくの子守唄になったか
ある日の会議の昼下り
対座するかれとぼくの視線に
一座の手拍子は空中に止まったまま

〝あなたのおっしゃることはよくわかりました。
ところで、どんなものでしょう。つまり
トロツキーは正しかったか、正しくなかった
　のか。ということは
スターリンが偉大であったか、どうなのか。
　ということと……
つまりどんなものでしょう。それは、
ところでどうでしょう。
ランボオは正しかったのでしょうか。
つまり、ランボオはランボオそのものだった
　のですよ！〟

かれは怒鳴りはじめた　ついに
お酒をしこたま召し上ってての
目出度いめでたい宴の最中
さだめしその夜
地球は蒼かっただろう

人民芸術家の代表
ブラボオ！

かれは赫く輝いて宣言した
お聞きください　みなさん
この人民のひとりを気取る怒りの声を

〝とにかく　テメエのような奴はがまんがならねえ。
トロツキスト反動分子！
テメエのようなゼンガクレンくずれと
一緒にいるのはまっぴらごめんだ。
とっとと出て行っちまえ！
テメエが出て行かなければ、おれがこの席を
出て行く！〟

かれの自信に満ちた眼差し
誇りにあふれた罵声の言葉　に
世界の何処かにいるひとりが覚めるか
地上の何処からか革命の火の手が上るのか
怒りはかれのなかにはない
怒りはぼくのなかに用意される

〝あなたのおっしゃることはよくわかった。
つまり　もう
出て行く必要も、出て行かぬ必要もない。
のこったのはあなたがただけです。

つまり
ランボオはランボオだったのですよ。
エセーニンはまさにエセーニンでしかなかったように。〟

永久にさようなら　おお
ぼくにはもう用のない
不革命集団よ

詩集『地の軸に架かるこえ』（二〇〇一年）抄

地の軸に架かるこえ

なにゆえに
かくおぞましきおもいする
高架橋ある市《まち》を行きつつ

昼まなか幻の野に
おのが影殪《たお》れふし
唇よりもれるこえ
地の涯へ吹き寄せ
陽炎とともに起つ
夏の地・八月へ

夏は殪《たお》されたものらの季節

四季を呑みこんだくらい口をあけ
地の軸に逆さ吊りに架かる瞳から
記憶は量り知れない時間を通って溢れだし
ひとびとの頸に巻きつき締めあげ
日々の会話のなかに顰《ひそ》む唖者の季節

八月

おお　水の曜日

傾く影は一様に地に墜ち
ふと振り向くと電柱の陰で叫びをあげる
午前の陽光にかがやく空のなかへ
夜の時間に飛行計器を照準し
一羽の鳥のように侵入してきた
絶えざる翼の平衡の苦渋に
思想の視界のなかでかすむ領域へ
意志としての歩行の脚を落下した
地のうえへ一瞬はしる閃光
燃えあがる　草花　樹木　人体

焼けただれる　窓　橋　石
風は　いま
都市の事象の空洞のなかを
世のくらがりの方へむかって吹く
ひとびとの意志は
言い古された希みの垢にまみれて
散乱する白骨のなかに黙している

この道をまっすぐ逃げよう　風の吹く方へ
あの橋を渡って行こう　むこう側へ
避けた黙示の真下に佇ち並び
少女は剝《そが》れた裸身の傷で語った
少年は見開かれた瞳のふかさで語った
母は背に負い胸に抱擁する腕のかたちで語った
陰は仆《たお》れた土の熱さで語った
地に叫びはみちても
ひとびとの帰巣の樹木は立ち枯れており

飛行計器はかすかなおとをたて
焼けた石　腕　脚　頭骨の散らばる都市の上で
地の軸の偏向に引き寄せられながら揺れている
ひとよ
殪《たお》された少女と少年と母に
惨劇の旅の終りが来ることはない
土に焼き付けられた影の消えることはない

いまは　ただ
きみらの旅のさなかに出てゆくことだ
灰すらも熱く燃える季節
くるめく焦熱の気象のなか
たかくたかく立ち昇る焼却塔の煙がたなびき
人声がひくく流れてゆく　ひくく
夏の地へ

風のみち　四月

季節は一日で山の際《きわ》に墜ちた

風に吹かれていると
空のなかでおとがする
あれはいつのことだったろう
間借のくらい一室から　かれが
おおきな背中をみせて出て行ったのは
かれはそれから日を数えて
山の沼に昏《くら》く浮いていた
岸辺に転がる酒瓶と薬の空箱に
露にひかって木漏れ陽がゆれていた
風のそよぎのなかから声が匂い出す

生きているのがふと嫌になると

おれは風のなか並樹の若葉を
ばりばり歯をたてて喰みながら
道をどこまでもやってくるんだ

街に墜ちる影はおとをたてないのに
瞳のなかにかすかな気配で翳るものはなんだろう
風はきょうもおれを吹き抜け
地の境に溜った言葉の垂鉛を鳴らす
しかし　遺された日はもうながくはない
取り返しのつかない悔恨を首にぶらさげ
遠い道のりを歩みをはこんでくるのは
あれはだれなのだろう
風のみちで跛行の影を蹌踉《よろ》めかせてくるのは

風に吹かれていると
空のなかでおとがする
呟きの奥でひそかに漏れだす血の滴よ

声を呑み急《せ》きだす殺意に打たれ
昨日の窓に咽を突き込み
一輪の花弁のそよぎに耳を澄ます

風影のなかに黙す

吹きあげる風にむかって
崖の端に佇っている
堤の水は干上がり
頭を垂れない稲の浅い黄色
土手のうえを両の手をぶらさげて
うろつくひと影
ひとつの非命は悲鳴に通じて
死者のなかに存在する
許してください
だれがそう呼びかけてもいい季節に埋められた

人柱の景物のなかで　ひとは
なお空にむけて腕《かいな》をふりかざす
鎌と鍬による労働の原初的形態はそのようにして
季節が覗かせる貌のなかで振りおろされてきた
それはたしかな黙《もだ》しのかたちだ
刈り取られ鋤かれてゆく土の直線に
ひとの営みの曲線が交わるのは
九月　冷涼なひかりの斑紋のなかを吹く風に
丘の樹葉はいっせいにさやさやと鳴らしながら
無限にひかる透視空間の涯の方へ葉裏をみせており
わたしは酸性の土壌に貌を伏せた影をみつめている

海のこえ

海の市《まち》でひかる風を視た

満たされない容器の縁でもだえる
泡だつ日常の計量が白くかがやいて
眩しい日々には
こえのとどかぬ水平の涯まで透かして
夜と昼をかさねつづける
河口の防波堤の突端に点滅する合図へ
ただひとり手を振るおとこは
おおきな口を開けあかい咽を海にみせる
潮の轟きはことごとくおとこの口に溢れ
風景のなかで声なく世界は季節を了《お》える

昨日から今日へなにが起りましたか

佇ちつくすかれの瞳に存在の秘密が映っていますか

無縁墓地の死者が折り重なり並ぶ唄
海に突き出る骨積みされた防潮石《テトラ》の一列
陽はめくるめく空に架かっているのだが
砂漠の枯れた黄色は地と海の吃水にながれ
海は　もう
おとこの咳込む気管を閉塞させる
かれは腕をさしあげ　いまは
かぎりなく手を振りつづけ
海にむかってあかい咽を開けている
無音の風影のなかへ吐かれてゆくかれのこえ
たえることなく呼ばれつづけている時間の光景

かれは　水平線をひらく
塩に灼《や》ける眼差しに　それから

白いヨットに乗り　出かけて逝ったのです
一筋の水跡を引きながら
遺されたのは　蒼くひかる空間だけです

海の市《まち》でもえる陽炎のなかこえを聴いた
河口に拓《ひら》かれた陽差のあふれる漁港にゆく
ひとは　そこで
港の街の喧噪に縁《ふち》どられている世界の真央
砂の地に無縁の墓木が立ち並び
ものおとしないあかるい地処に踏み込むのだ
海と地　こえとひかりの吃水に架けられて
手を振りつづけるおとこの晒《さら》された咽の奥へ
遺された時間の光景が展がるのを
ひとは海のこえのなかに視つづける

夜景

夜
窓のかあてんはひいておけ
遥かのものおとを聴きとるため
耳を澄ます

街のなかから
ふしぎに海のおとがする
海峡をゆく連絡船の汽笛が鳴る
灯台が夜通し霧のなかに回りつづける
わたしのなかに赤い灯がともる

どこかの港街に夜がくる
のこされた女《ひと》の胸にかなしみの風がふく
雪は海峡から吹き寄せてくる
鐘を打ち振り黙した行列が吃水線をゆく

しずかに眼を閉じる

もう還らないひとびとの語らいが
死者たちのひそやかな声の揺らめきが
わたしの胸のなかに夜を溢れさせ
世界は海の涯で昏れている

わたしの日々が
そんな海景の極みに耐えきれるだろうか
わたしは
存在危篤の明日を煩っている

夜

窓のかあてんはひいておけ
遥かのものおとを視るため

海と風

夢のごと
すべての方へむけ
花ひらけ

1　風が吹く

――ムンクの絵は何処に架ける――

風が吹く
海に表情が覗くのをみたよ

そらが赫々《あかあか》と燃えあがり
怖かった　よる
幻《まぼろし》を視たよ

焼けただれた空のきわから
血で泡だつ海のさかいまで
ひとつだけ架けられた橋のうえで
両の耳朶《じだ》をおさえ必死に叫ぶ人影がある

よるがなぜやってくるのか恨めしい　もう
おおきなこえで泣きわめいているよ
でも　声は出ないんだ
ただ泣きわめいているんだよ

それからの日々風が吹く
旅に出かけたんだ旅へね

たった一枚の絵を抱えて
いつも歩行の足は海へ向うのさ
砂のうえに点々と血の跡がにじむんだ

今日からの日も風が吹くよ
海鳴りも聴こえるんだ
ひとりであるいているのさ
たった一枚の画像を抱えてね

いまでもときどき幻《まぼろし》を視るんだ

2　少年の日

夢のなかでうなされながら
ぼくのなかに棲んでしまった死者を
喰べている

防風林がつづく海ぞいの町に
警笛《サイレン》が鳴りわたり
空はめっぽうあかるかった
つばめのようにきれいに尾をきって
海の方から飛び込んだ機影が
町のうえを通過した午後
ぼくは恐怖の隙間から
彩《あざ》やかな航跡に魅せられ
畑のなかで南瓜《かぼちゃ》の花に頬を触れたまま
空を見上げていた
海では甲高く炸裂する機銃のおとがして
網をたぐる手をあげ
漁夫は血染めになってデッキに架かった

数日して
放射状の閃光が夜空を焦がし

花火のように裂けた
三里むこうの都市が悲鳴をあげる
いっときに燃えあがった亡骸《なきがら》が
くろい灰となって空に漂いだし
裸でふるえるぼくに降りそそいだ
ぼくがはじめて手触りした死
一九四五年八月十五日
戦《いく》さの終りはぼくに存在の証しをあたえた
教室には教師の人格がなかった
室は八月の明るさに溢れ
影だけがぽつぽつと座していたから
ぼくはぼくなりに弟とふたり
芋畑の番をしながら
南瓜《かぼちゃ》畑の花を摘みながら
死についてたくさんのメルヘンを
ひとり紡ぎだしていた

畑の採り入れをしている母のそばで
ひとが死ぬおはなし　馬の死ぬおはなし
犬の死ぬおはなし　虫が死ぬおはなしを
せきこんで話しかけると　いつも
ぼくの貧しさは恐怖と好奇を露骨にするので
母からはげしくたしなめられるのだ
市《まち》から街道を異形の乞食《ものもらい》が来る
焼けた衣服をまとい髪はぼうぼう
母の掌から三つのじゃが芋をもらう
三つの芋は　かれの
ひとつの朝であり
ひとつの昼であり
ひとつの夜の終りをぼくに知らせた
　生《なま》でたべるんじゃないよ
　腹あたりすっからね

母のこえを背に野草のかげに
乞食の後姿がかくれる　と
ぼくはたちまちかれの吐く息から
死の影をぼくのところへ引きよせた

母さん
あの男のひとどうしてあんなに足が太《ふと》いの
まるで象のようだね
顔もぶくぶく膨れているよ

うん　そうだね　かわいそうに
栄養失調なんだね　きっと

母さん
あのひともうだめなんだね
死ぬのね

八月のくるめく草いきれの影
ぼくのなかでかれと死が一本の径《みち》になった
それから死者がぼくの内部に棲んでいる
夜になると溢れるかれの吐息に触れ
ぼくはうなされながら死者を喰べている
海と風のあわいでかすかにおとがする

ほら　しずかに花がひらいている

夜の海へ

くらい海のうえを星が飛ぶ
時計の歯車のかすかな回転や
港の突堤でクレーンが軋む音のあわいを
風のおとにまぎれながら
星は世界の座標をうつしてめぐる

くろぐろとしずまりかえる骸《むくろ》のコンクリート街
とつぜん汽笛が閉じられたビルの一室にひびく

わたしのさがしもとめるあふりかの少女
カーミンよ　もう
夜の海へ漕ぎだす時刻です
出会えないでいるおまえに会うために
わたしは旅の用意をしつづけてきた
カーミンよ　おまえは
海が無限にひいていった砂漠
夜に墜ちてゆくサバンナの灌木のしげみに
可憐な黄色の小花を髪にさしてたっていたね
おまえの地平をみつめる眼差しに
なぜかそのとき世界の夜景が灯っていた
海から出発して海へ還る夢の旅の途《みち》で
わたしがはじめて　カーミン　おまえに出会ったとき

ひどくはげしいこえをあげて哭いたものだ
そのときわたしはおまえにあてて
一通の相聞歌をおくったのだった　だが
返歌はわたしがしたためるしかないのだね
もういちど夜の灯りに照らしながら読もう
すこしの恥しさをおさえひくくこえを放ち

おんなは夜の旅で
闇の央にいる
けものみちの哭しみを
かなうもののない
いのちのつよさで
地の果てまで弓形に架ける　だから
おんなは世界の闇に挑む
鮮烈な―ｉｄｅａ―だ
黄昏れあふりかの少女カーミンは
食人のはあもにかを

しずんだ瞳のおくで鳴らす
おれは拒絶された部位から
熱く咳き込み貫入する
こえを放つな
冷く見すえて世界の闇を量れ
丸腰のさむい夜明けがくるとき
おれはふかい黙《もだ》しのなかへ横たわる
おんなよ世界に投げ打たれた黙示
めくるめく未生のことばよ
ひとつのはげしい叫びに耐えて
夢そのものの花央にひらけ

おまえに書きおくってから何年が過ぎたろう
やはり返歌はわたしが唄うしかないのだ
あふりかのうらわかき乙女カーミンよ
いまサバンナは雨にうたれているだろうか
あるいはぎらつく太陽に燃えているだろうか
いや　ふかい夜の闇に匂っているだろう
あふりかの少女カーミンよ
おまえは成熟する季節の無限に実る海だ
その海に満たされる夜こそ
わたしの時間だ
宇宙の一点在・ぶらっくほーるの渦へ
貫かれてゆくわたしの存在へ
闇のなかでくるめく可憐な黄色の小花
世界の夜景を灯して飛ぶおまえの瞳
そのとき　少女カーミンよ
おまえのそこはかとなく匂う体臭が
わたしのなかに立ち込め
星座はわたしの存在を吊るしながら
はるかな宇宙のぶらっくほーるへ飛ぶ
わたしは都市のくらいビルの一室で耳を澄まし
おまえにおくった相聞歌への返歌を書く

あふりかの少女カーミンよ
もう夜の海へ漕ぎだします
わたしはおまえに出会うために
はるかな宇宙のかなたの闇の真央
ぶらっくほーるへの旅にむかうのです

ジョージアという時代の夜に

1　旅の果ての夜に

ジョージアという時代の夜に
小さな窓のある小屋にさしかかり
旅人はひそかにささやいた

〝ひとの瞳が燃えるときは
燐の光を放つのでしょうか〟

そのとき
一里四方が赫々と映えあがった
旅人はまゆ毛を切りそろえ
まつ毛の濡れたふたつの瞳で
遠くの地平線に寄りそい
風のはこぶ声に耳を澄ました

〝熱い
水は――〟

旅人の里程標に置かれてある
涸れつくした井戸のほとりに
かれは佇ちつくしたまま夜の果てを指さした

〝ひとは　いま
無航海の時代に漂う葦です

ひと巻きのパピルスも織り上げず
ひと節《ふし》のアリアも唄にならない季節です〟

ジョージアという地処の夜に
小さな窓のある小屋に言葉を置き去りにし
旅人はひそかに出立った
かれのまゆ毛もまつ毛も濡れたまま
かれは夜の果てでその後影を
燐の光のように発光させた
風は空の上を吹き渡り
旅人の足跡は砂のなかに埋められたまま……

2　野辺の陽のひかり燦々　ブラボオ！

ジョージアという時代の夜に
名もない一軒の小屋の窓のほとりを
風が吹きあててゆくような息づかいを遺して
過ぎ去ってゆくのはだれですか
あてのない旅の径《みち》で合図の掌をかるくかざしなが
ら
月日はながい不在の鈴の一振りを過ぎました
だれもしらない扉に触れる合図の音を聴きながら
レモンと一輪の花の香りにまかれ久しく待ってい
るのです

〝いいえ　もう合図はいいんだよ
遠い旅に出てゆく後影のしぐさで充分だよ〟

むかし風のひかるあわいを
ひとは視ることができたといいます　いま
ひとは風の行方を失って　ただもう
風のそよぎの音だけを聴きたいと耳を澄ましてい
るのです

風の訪《おとな》いの息吹きに出会うひとがいないので
もうジョージアからの風信が吹き還ることはない
　でしょう
ひとびとに旅人がつたえるべき言葉をもち得ない
　時代に
生まれついてしまったひとびとの夜明けには
しずかに無音の花火が遠い蒼空で散っているだけ
　です
いま〈血塗《ちまみ》れのマリイ〉を飲みながら
地境の涯に傾くマンハッタンの尖塔をあおぎ
ジョージアの風影はドラマの終焉《おわり》をたしかに沈ん
　でゆきます
風の息吹きに鳴る不在の鈴の音の方へ
旅人は仮面を抱え歩行の足取りをたどってゆきま
　す
仮面デスマスク　野の花散る日々

径《みち》の辺の陽のひかり燦々《さんさん》
おお　ぶらぼお　ブラボオ！

夢のように過ぎて——あの夏

夢のように過ぎてふりかえる夏

廃屋の気象台には雲がかかっている
にぶい鉛色《メタリック》のレーダーの回転する軋みが
ひろがる夜の闇をひきしぼっている
無人の気象台の庭で一樹の桜が散りはてた

ひとり旅の気象をあるいてきました　いま
風に吹かれながら海のほとりにいます
希望を計測する必要はもういりません

夢のなかでひとが視る風景は
いつもセピア色の時間の果てでくすんでいる
風が鳴らしてゆくリズムで海は泡立つ
帰還する方途《みち》を失くしたいつかの戦いの兵士たち
が
空に向けて咽を開けたまま水中に揺れていて
あの夏の原子雲に仆れた死者たち
オトコ　オンナ
ハハ　チチ　コドモ　が
異形に焼けただれた貌のなかから
けっして閉じないふたつの瞳の奥へ
時間が過ぎてゆく日常を量っているのだ
かれらはセピア色の歴史のフィルムが
捲《めく》れ上って燃えはぜている世界の極みだ

　この場処で
　　つめたい水を
　　　みどりの葉を
　　あおい空を
　　さわやかな海を
　　ぬくもりの肌を
　咽を涸らしながら待ちつづけています
　ここが希望の芽生える惨劇の場処だからです

夢のように過ぎて——あの夏

ひとは時間の果てを忘却することを拒否して
廃屋の気象台の屋上に佇み
みずからの気象観測に頭をめぐらしながら
観天望気の視界をたしかめているのだ

夜―星の王子へ

夜にもならないうちに
騒めく鳥たちの声にそのきざしを
聴いただけで　ひとびとは
夜が来たというのです　でも
おまえ　ほんとうの夜が来たら
夜に待たれているこのちいさな私に
どのような眼差しを　わずかな言葉を
あるいは移ろいゆく歴史を―もしかして

それは火の国の昔語り
ゆめの奥のひとびとの眼差し
はるかアフリカの大陸に潜む
老いたるライオンの息づかいなど――

無為の夜に晒された骨・骨の・骨の・骨の
ふかあい説話《ことわり》をだれが語ってくれるだろうか

〝ホントウノ
ヨルガキタラ
ヒトビトハ
ナニヲササヤキ
コノチイサナ
ワタクシニ
ドンナ
ナガアイオハナシヲ
シテクレルノダロウカ〟

知っていますか　おまえ
日没のあの数瞬まえの一刻《ひととき》
太陽との別れが　たとえ
空に雲が雨がかかっていて

その輝きが視えなくても
ひとの眼《まな》のうちには視えていて
この世の終末《おわり》のように
ちいさな私をむさぼりつづけるのを

知っていますか　おまえ
だから　ひとはたった一人でも
夜に繋がれつづける行列なのです

颪の便り・九月―逝った姉に―

九月の颪にあおられる
髪を吹かれた少女が田の畔道に立っている

一九九〇年九月――
あなたの颪の便りが途絶するのですね

ぼくの生まれた地球月は九月なのですよ

九月の颪にあおられる
ぼくはせき込み機上の人となる
銀色の流線形機体は翼をきしませ
地上から飛び上る　はるか
北の海の水平めざしてたかく雲を越えてゆく
もう日没の来ない陽の径《みち》を飛行しながら
ぼくは下界のさまざまな仕切りを見下ろす　それから
せまい座席《シート》の背もたれに身体《からだ》をあずける
ふかあい吐息の向うで天井に点滅するアナウンス
〝シートベルトヲシメ　シバラクノアイダ
オタバコハ　ゴエンリョクダサイ〟
ああ　いまこそ煙草を肺腑一杯に吸い込み
座席《シート》ベルトをはずし窓から外へ飛んでしまいたい
前の座席でわかい女が窓に額をぴったりつけ

陰でふちどられた下界を一心に見ている
彼女からふと姉の体臭が流れてくる
思わず頭をふり乱反射する雲の輝きに入る

あねよ　あねよ　あねもんじゃ
ふたりで喰べよう　もんじゃやき
かえすフライも空切る傷み

向うの丘に陽が墜ちて
ふたりで辿る道ばたで
ゆれているカラカラグサの
風に鳴る音はもう聴こえない
美しい朝にみえる風
雲の峰々の立ちならぶ北の街
ナナカマドの並木路に
陽はさんさんと降りそそぎ
九月の時刻は午後に廻り込んでいた

葬いの帰り車はまっすぐに往還を切り
白い骨になった姉の意志を乗せ走ってゆく

西に傾く陽光をうけて遠のく地平のフォーカス
点々とつづく街路の水銀灯が一つまた一つ
光る涙のようにドロップアウトしてゆく

あねよ　あねよ　あねもんじゃ
ふたりで喰べよう　もんじゃやき
かえすフライも肉切る傷み

九月の風にあおられる
姉のたよりも途絶する日　ぼくは
風に吹かれ日没が来ない空に架かっている

さらばふるさと

さらばふるさと
では　さらばふるさと
けれど　こころのなかでは　なにか……

ひとびとが忘れ呆けてしまう記憶のはてで
ナナカマドの並樹に紅い粒が実る頃
北の街で生を閉じた女《ひと》の貌がふいに視える
区切られた窓から射す朝焼けの光りのもと
机にむかいひそかに便りを書いてみる

〈ねえさん　そのときあなたの瞳にあの日の朝の
　海はひかっていましたか
風は草の芽のにおいをあなたの鼻腔にはこびま
　したか
海辺の埋立地の松林の草むらで鳴く鳥の声が耳
　にとどきましたか
あのとき　さびしそうに海を見つめている思春
　期のあなたの背後《うしろ》で
ぼくが草の茎を嚙んでは苦い唾を吐きだしてい
　たのを知っていましたか
崩れかけた埋立地の石積みのすきまにひたひた
　と打ちよせる朝のさざ波
きらきら輝くゆらめきのなかを繊細な足をのば
　してよじのぼる小さな蟹
あなたの桜色の指がその蟹を掬うのをぼくの記
　憶が彩《あざ》やかに映しているのです
あのとき時間はとてもゆっくりと流れていまし
　たね　そうです
あの朝　あなたとぼくはかぎりない時間の許し
　のなかで佇んでいたのです〉

夢うつつに過ぎてゆく月日が眼を覚ます夜明け
風花舞う海峡を渡った女《ひと》のこえが幕をあげる
もどらない旅のおわりにこそ視える無名の意匠
窓をたたく風のおとに耳を澄ましながら
机に正座して終息のきわのこえを受信している

〈ねえさん　だれも知らない風景を抱えてむこう
　へ逝ってしまったのですね
北の街へ旅立つ日あなたの笑顔にしまわれてい
　たのはあの日の朝への訣別
辿りついた夜あなたは雪にとざされた分校の一
　室でこえを挙げて泣きましたね
ぼくはあなたの逝ったうしろ姿からそのこえを
　聴いています
ねえさん　あなたはこの世の時間のどのあたり
　をあるいていますか
うすれてゆくひとびとの記憶の境に架かってい
　まも揺れていますか
そうです　あなたと僕が佇んでいたあの海辺
　あの朝へ挨拶を投げる季節が訪れています〉

さらばふるさと
じゃ　さらばふるさと
もう　こころのなかでは　すでに……

風におくることば

海の底ふかくには
だれにも知られぬ一枚の鏡が沈んでいて
ひとがそれぞれの夜をかさねる夢のさなか
滴らす血のしずくに赫く映えている

〝佇《た》ったまま死にたい〟

遠くに海の水平線が視えるたかい土手の端で
唇をまあるく開けいきなり一息に吐き出す
掌をかざし振りかえれば過ぎた旅の道のりは
ふかあいめまいのなかに身を横たえていたような
もの
どうでもいいと思ってしまう午睡の時間から身体
を引き抜き
わたしのひと日の終りを迎えようとしています

〝佇《た》ったまま生きていたい〟

この世が展けるかぎりの希みのなかで記述したこ
の一行が
わたしが背負っている旅行鞄の中で
古びたセピア色の写真の一枚と触れ合いながら
気ぜわしく鳴りつづけ耳にうるさいので

今日はこの写真の風景をそのまま送りましょう

笑イナガラ唐黍畑ノ一列ノ並ビニ沿ッテ
ウネウネト続ク緑ノナカヲ葉ガクレシナガラ
マタ頭ヲ出シテハ消エタ少年ノ背中
ソノトキ茫々ト広ガル海ガ眼ノマエニ
土手ノ松林ノアイダカラ押シ寄セテキテ
空ニ反射シテハイッソウ蒼クマッタク蒼ク
フカイ眼マイノナカニ墜チテシマッタ少年ハ
風ガソノトキ吹イテイタノカ吹イテイナカッタ
ノカ
唐黍ノ粒ノ輝キカラ漂ウ香リニ酔イシレタ
少年ノ午後ノ陽ザカリニ聴コエタ呼ビ声
〝モウ　イイヨウ〟
生アタタカク耳朶ニ触レル囁キ
シゲル夏草ノイキレノ真央《マナカ》デ
創《ハジ》メテノ射精ヲシタ唐黍ノ白イ液

少年ノ日ノ割礼劇ニ導カレルママ
裂ケタ傷ノイタミニ目覚メタ昼サガリ
少年ノ割レ目ニ赤ク咲キミダレル彼岸花ノ毒
土手ノ松林ヲ日ガナ一日ジュウ風ガ吹イタ
ソノ風音ニアワセウルワシノ唐黍ユレ立チ
赤紫ノ花毛ヲナビカセ海ノ彼方ヘ花粉ヲマク

〝佇《た》ったまま生きていたい〟

おまえはおまえの風景を視ながら　いまも
この一行を心のなかに秘めているのだろうか

手紙

海のほとり
水の鏡に輝く空のなか
吹きくる風に頭を揺らしながら
花の蕾未だひらかぬ毒をひそめつつ
旅の行方を封印している気配

秋季月秋分日　深夜
母よ　あなたはいま黄泉《よみ》の道辺のどのあたりを歩
　いていますか
もしかするとわたしたちが住んでいた川口の小さ
　な港町
魚の臭いのする港の突堤の端に佇んでいますか
一九九六年一月三十日深夜寒い病院のベッドで
あなたがひとりでそちらの世界へ旅立ってから
もう早いもので三年の月日が流れ去りました
四日前の未明の夢枕にあなたが訪ねてきました
あの頃唱歌を唄ってくれたなつかしい声で
あなたの語りかける声が耳にひびいたのです

おまえをおぶってあるいていったね
どてのまつなみきのまっすぐのみちを
ひがんばながいちれつにさいているそばを
あのころおまえにかたりきかせたときのように
あたまをふりふりとおいところから
いっしょうけんめいにもどってきましたよ
そう　だれかがおまえのわるぐちをいったと
おまえがうったえているのではとおもって
おまえがきょうまであゆみつづけたじかんに
おまえのこころのおくにしまわれてしまった
つらいきおくのなきごえとよびつづけるこえを
わずかなかぜのおとのなかにきいたのだよ
しょうがっこうにゅうがくのしんたいけんさで
まがったぼうのようなおまえのあしを
そっとさすりながらなみだながしてわるかった
　ね
おまえはうみをみているのがすきだったね
よるのまくらべまできこえてきたうみなりは
いまもおまえのみみのおくできこえていますか
どっこいしょ　ひがんばなのなかにたってるよ
ほんとにわかれをいうのならこのままで
ちょっとひがんばなをかざせばいいのだよ
ことばはだまったままでいい

さよなら…………

母よ　あなたの唄い口はいつもおなじです
あなたの未明の声はたしかに聴きとどけました
でも　わたしは唄うことの違いを覚えてしまい
茫々と流れる海の水央《みお》の舟旅にいます　もう
海の上をただよう一輪の花びらの幻視なのです
あなたと住んだ港街の夜空に架かる花火です
あなたはいつも夜の枕辺でわたしに語りかけ
わたしの夢のなかにやさしい声で入り込んだ
わたしはあなたのおおいかぶさる愛の気象におお

われ
その息吹きに慣れる日々の隙間で眼覚めつづけ
いつか燃えはぜる夢の花の火薬を積み込んだので
す
そうして日々の時間の導火線で発火させながら
わたしの唄口の彩りを変幻させてきたのです
母よ　わたしのなけなしのフレーズを贈ります

夢のほとりに消えゆく風は
世界の物音さえも時間の計量となし
わたしの日常を打つあなたからの便り
落花の風にとりまかれただ耳を澄ましている

詩集『海の径《みち》』（二〇一七年）抄

海の径《みち》

叫び

――全羅南道光州市無等山・一九八〇年五月――

世界は闇のなかをきしむ
われわれのくにの西ぞらに
血をしたたらせるおおきな口唇《くち》が架かっている
開かれた咽の奥から
血なま臭い五月の風が海峡を越えて吹きつけてく
る
その風に乗って
きれぎれに

母と娘の
少年と少女の
青年と父の
大学生と高校生の
うら若き妊婦の
叫び　叫び　叫び　が吹きつけてきた
首をつながれ
胸をゆわえられ
腰をつながれ
一列になった叫び
叫び　叫び　叫び　が
われわれのくにへ海を越えてきた

かつて
詩人金芝河は
一九七四年一月に
〈一九七四年一月を死と呼ぼう――〉と

彼の詩の一行をはじめた
いま
われわれは
一九八〇年五月に
〈一九八〇年五月をアジアの死――〉と呼ぼう
否！
その月日は世界が闇のなかに倒れた死の月だから
世界は闇のなかをきしむ

きみよ
日本人のひとりであるきみよ
〈一九七四年一月――〉になにがあったか
きみにはわからなかったとしても
〈傷つけられた良心〉恨の月日をしらなくても…
きみよ
〈一九八〇年五月――〉になにがあったのか

朝鮮半島南部の都市
韓国全羅南道光州市でなにがあったのか
きみは知っているだろう
ひとりの日本人わたくしが
ラジオのニュースで聴いた
新聞で読んだ
テレビで視た
そのとき
きみは
たしかに叫びを聴いたか
海峡を越えてくる
ゆわえられた一列の唖者の叫びを
きみはいまも視るか
われわれのくにのくらい西ぞらに
血をしたたらせた口唇《くち》が叫びつづけるのを
そのまあるく開かれた真赤な唇の割れめから
向うの町をのぞいてごらん

そこは永久に一九八〇年五月の空
全羅南道光州市無等山の山並みが見えるかい
五月の光のなかに立ち上がったひとびとの
きれぎれの喚声がそらにわき上がるのが聴こえる
　だろう

銃口と銃剣の一閃の後
赤外線に照射された血に染まった街並みが
〈一九八〇年五月――〉の恨の碑銘を
刻みつけられるのを読め
ああ　そこから
叫び　叫び　叫び　叫び　叫び　が
きみの胸にこだまする
いま
ニ・ホ・ン・ジ・ン　きみの心の闇のなかで
世界はおとをたててきしむ
西ぞらに架かっている

血をしたたらせたおおきな口唇《くち》に
きみのたしかな肉声で野太くそそぎ込め
〈一九八〇年五月は世界の死―〉
否!
〈一九八〇年五月はわれわれの死―〉と

（一九八一・一・二〇 「黄土―황토―」No.40）

海の向うから

　　　　龍塘里《リョンダンリ》でのおれの死は
　　　からんだ痰にまみれてくるのだろうか
　　　　　まみれてくる
　　　　　　―金　芝河―

海の向うから
夜のひそやかな気配のなかを
風がひとつのこえをとどけてくる　いま
嘆きのこえのすべてを自己《おのれ》に
燃やしながら
裸電球の吊り下げられたくらい獄舎の床に
肺を病む姿勢を曲げずに端座したあなたは
海をへだてた弓なりの列島に棲むわたしを
けっして忘れてはいない
あなたの眼差しは獄のあつい壁を透して
列島の四角に区切られたアパートの深夜に
あなたの生きる冬の気象の酷薄な息づかいを
わたしの胸にかよわせてくる
あなたの生きる地に満ち満ちた怒りの嘆きは
けっして吐息の恨みではない　それは
強いられた虚言と暴政の裁きの室内に
みずからの発声のひびきを確かにしながら
昂然と視線をあげてただしてゆく
あなたが世界にむかって告発する
「恨」のいのちの肉声だ

そのこえは　いま
春でも　夏でも　秋でも　冬の時代を生き
虐げられる黄土の草の根の苦渋の地で
なおはげしく生きるひとびとの
血の咽を通りぬけ
海の向うから
わたしの心にあついたよりをとどける
その肉声に込められた合図には
世界の夜明けの朝のひとつが
たしかな怒りの心で架けられているのだ

（一九七七・八・九「黄土―황토―」No.4）

冬の街

砂ぼこり巻きあがる街の中で
外衣の襟を立てながら歩いてゆく
眼をあげるとかすかに鳴っている架線
夕暮れはもう足音をしのばせて近づいている
ジャズロックの喚めいている店の前で　ふと
ショーウィンドウに映る顔をみた

おまえはだれだ
おまえはだれだ

ひくく腹にひびくこえ
わたしの肉の肺腑を通って聴こえてくる

おまえはわたしだ
おまえはわたしだ

口ごもりながら呟きかえすこえ
だが　だれのこえ
だれのなげきによって

〈おまえはわたしだ〉と
ささえられるのか
ガラスのなかの顔は
みるみるくらく昏れてゆく
昏れてゆく背後から
怒りの涙があふれだす
瞳のなかに点々と赫《かがや》きだす街の灯り
窓ガラスのなかの顔は口を開け瞳を張りつめ
黙しのなかから街行く人々にこえを放つ

キムジハ

キムデチュン

すれ違うひとびとにささやきのこえを投げる

ヒトリノシジンガトラワレテイマス

アナタタチハソノシジンヲシッテイルハズデス
アナタタチハソノヒトニアワナケレバナラナイ
アッテクダサイ
ソノシジンニ　ソシテ
トナリノクニノヒトビトニ
アッテクダサイ
レキシノナカノヒトリヒトリノカオニ
ツライムカシノジカンマデサカノボリ――――
アウノハキョウイマカラナノデス

冬の街に黄昏が訪れ
ひとびとは三々五々通り過ぎてゆく
ジャズロックの鳴る音楽店の前に佇ちつくし
ショーウィンドウに映る顔は怒りの河のなか
口を開け瞳を張りつめこえを放ちつづける冬の街

夜の警笛

鰯《いわし》や秋刀魚《さんま》のひらかれた両葉《ふたば》の干物の
生臭いにおいを忘れてからひさしい
軒下に張り渡された
干物のにおいにまみれて　あのとき
秋の陽を浴びていたおれとアサコちゃん
紅いチャンチャンコの綿入れどんぶくが
なぜか庭の唐辛子といっしょに
おれの眼の奥で燃えていた

街道筋の埃の舞い上がる秋の昼下がりに
ふいに聞こえてきた嘲けりのこえ

オドコ　ド　オナゴ　チョウセンコ
カダワ　ド　オナゴ　チョウセンコ

黒くかたまった五つの丸刈り頭が
鼻汁で汚れたぴかぴかのそで先をふり上げて
おれとアサコちゃんの方へ突き出された人さし指
そらには吹かれてゆく真白い雲の列
おれはアサコちゃんの肩に手をかけて
風の行方を遠く見上げたままで
嘲けりのこえは遠くまでこだましつづけ――

夜おれは夢のなかでうなされた
うすぐらい薄明の闇のむこうに
ぽつんとおかれた寝台自動車
だれかが乗っているのだが
だれが乗っているのかわからない
とてもこわくて泣いていたおれ
でもこえにならないおれの叫びごえ
薄明のそらを飛んでゆく寝台自動車

おとをたてない車の疾走のなかで
おれの枕は濡れた
突如闇の遠くからひびく嘲けりのこえ

オドコ　ド　オナゴ　チョウセンコ
カダワ　ド　オナゴ　チョウセンコ

おれは恐怖のなかで硬直し　こころは
夜のなかで蝦《えび》のごとくけいれんした
あれから幾十年の時間の旅を経ても
おれの夜半にこだまする嘲けりごえ
いまもときどき
明け方の夢に目を覚まされるおれのかなしみ

アジア・ニホンの街角に
声高にはりあげてやってくる黒塗りの外宣車
前照灯を点滅させ警笛を鳴らして
拡声器からいかつい差別のこえを放射する

オマエタチ　チョウセンジンハ
ジブンノクニヘ　カエレ
オマエタチ　チョウセンジンハ
ニホンカラデテユケ

ああ　それにしても海のむこう朝鮮半島の市《まち》韓
国・光州《クワンジュ》へ
ひとりびとり心おきなく眼差しをまじあわせる
そのような彼岸の地へ行ける日
自由・光州《クワンジュ》　自由・釜山《プサン》
自由・済州《チェジュ》　自由・ソウルへ渡航する日
その日までおれの闇のなかを
おれの耳のなかをあの嘲けりのこえをのせ
黒塗りの寝台車は疾走してゆき
夜の警笛は悲鳴にて鳴りつづけるだろう

（一九八一・一二・二二「黄土―황토―」No.51）

夜ひらく夢

―心の友　スズウチへ―

おまえが去るがままにまかせるとは
なんとつらいことか、おお日々よ！
―ガルシア・ロルカ
「去りゆく日のシャンソン」―

ロルカの幻《み》たくに
あのコルドバの市《まち》にも行かないで
きみはどこへ行ったか
ぼくをこの地上に遺して
きみはかなしみの市で
云いふるされた悲しみの市で

ついに他人《ひと》を追い出した
ついに故郷《ふるさと》をも去った
借りた六畳ひと間に箱づめになり
深夜の不眠の時間に
一杯また一杯ウィスキーの量を増してゆき
ただ孤《ひと》りおのれの自画像と向きあい
ついに世界を閉めだしてしまったきみ

だから遺されたぼくらに
夢はいつも夜ひらくのだ

ぼくには視えるよ
あの年十二月大雪の降りしきる夜
センダイ　シラトリビル八階ホール
「金冠のイエス」の舞台で
赫々と燃える照明を浴びながら
闇の世界を射透したきみ　癩者の眼差しが

ぼくには聴こえてくるよ
闇のなかに灯るマッチを差しだしながら
癩者　きみの唇から吐かれた叫びが――

〝どうすりゃあいいんだ
おれはいったいどうすりゃあいいんだ〟
〝もう耐えられん
　これ以上はもう耐えられない〟

世界へくりかえされる癩者役のきみの発信が
キㇺジハの肉声とかさなりながら
きょう　ぼくの胸をはげしく叩くのだ

次の年の五月
センダイ市八木山橋
晴れ渡った初夏の正午
吊り橋が架けられた谷あいの崖ぎわに
紅いつつじの花が咲きこぼれ
きらきら輝く緑の谷底へ
きみはよじ登った橋の金網の上から
むこうの世界へ飛んだ
通りかかったタクシーが鳴らす止めの警笛を合図
に
ひきとめるひとびとの声に一瞥《いちべつ》の眼差しをかえし

……
―人生とは戻らない径《みち》だったのだろうか―
愚かすぎるぼくの問いに　いま
きみが応えているであろうそちらの世界は
いったいどんなであろうか
遺されたぼくは日本のこの悲しみの市で
しきりにきみのことをおもっているのだよ

あれからぼくは
海にちかい太平洋の浜通り地方

きみの故郷の町に出かけた
きみの葬列は
哀しく打ち鳴らされる銅鑼の先触れに
赤　青　白　黄　緑の五色の幟をたて
きみの生まれた街の通りを過ぎてゆく
ぼくにはそのひとびとに何を告げることばがあっ
　ただろう
だれにむかって語りかけることばがあったろう

陽は町の上でたしかな時刻を傾いた
ぼくは去ってゆくきみの径《みち》の真中にいた
ぼくは怒りで満たされていた

フタバグン　オオクマ
ここはぼくにとって
過酷な思い出の町になるだろう
晴れ渡った五月の空に昇るきみの煙が

金芝河・キㇺジハのくに
光州・五月の死者たちを焼く臭いをおもわせる
せめてぼくの不眠の夜に窓を開け放ち
きみの行った方に伝言をおくろう
あのスペインの詩人ガルシア・ロルカの二行を

〝おまえを去るがままにまかせるとは
なんとつらいことか　おお日々よ！〟

きみよ　ぼくは辛いのだ
晴れた五月は辛いのだ
なぜ　なぜ……なぜ　きみは
いま時代はきしんでいる　もう
世界はひずみはじめている
きみはその境界で横たわっている
おおきく瞳を見ひらいたまま
ついに世界を閉めだしている　いつ

世界はきみと死者たちを抱いたまま
ぼくらの胸に獲得されるのだろうか
その日まで
きみよ
遺されたぼくには
夢はいつも夜にだけひらくのだ

（一九八二・七・三〇「黄土―황토―」№58）

風よ

―一九八二年十月十九日の午前に―

風よ
いまも吹いてくるか
いくばくかの声を切れぎれにはこんで
わたしの胸を打つか

泡立つ歴史のへりをめぐる海峡を
いま季節は秋から冬に渡りつつある
冬のふかい海の径《みち》にもまれる嘆きと怒りと

風よ
きょう朝刊紙のうえを
たしかにおまえはふいてくる　ただ
だれがそのこえを聴きとどけ得たか

すばらしい秋晴れのしたで聴く
海峡の向うで十月八日ソウル刑場の囲いに
六人の赫い唐辛子の怒りが散った声を

風よ
おまえはきょう
そのはげしい怒りの叫びをわたしの国にはこぶ
いつわたしたちはその叫びと真直ぐに出会うのか

おお　風よ
刑場に倒れた六つの生命
名前も定かでなく処刑された
〈政治犯〉という名の人々の怒りと叫び

風よ
その声のあとからあの光州八〇年五月の
死者たちを焼く臭いが吹き寄せてくる

せめてわたしは不眠の夜に
ぼくの部屋の窓を開け放ち
わたしはその声々と死臭にまみれよう

風よ
おまえはいまもわたしたちの国に
西北《にしきた》の方角から
吹きつけてくるのを忘れない

対馬行

八月盆
日盛りの海峡は
台風の風吹きのなかで荒れ狂う

ここはどこの海ですか　そうですね
むかしバルチック艦隊が沈められた海です
その後大日本帝国は帝国主義の足を
よそのひとびとの垣根のなかに土足のまま踏み入
　れて
平気　平気　ヒステリー性の　うすい皮膚の貧血
　顔が
西陽に赫々てらてらと厚い銭あぶらにまみれひか

っています

ここはどこの海ですか
ここは玄界灘です
朝鮮半島と日本列島との海の径《みち》です
博多から早朝出帆したフェリーつしま丸は
海峡の真央に船首を突き立てて突き進み
はげしくローリングするたびにぶちかかる辛い潮
甲板にござをひいて寝転がる出稼ぎの帰りびとたち
どの女のひともわかく楽しくみえるのはなぜだろう

ここはどこの海ですか
ここは海の径《みち》です
玄界灘という難処の道です。
いまワタシは対馬という海の径《みち》の峠に向っていま
す

列車にのって

冬の朝
眼の光を爪先にあつめ
歩道の上を前のめりに行く
そらは蒼銀にひかっていて
雲のひとひらふたひらが流れてゆき
駅の古風な造りに尖った屋根のてっぺんが
十二月のひかりの中に架かっている

街はずれ北仙台駅から列車にのって
あのトンネルを潜りに行こう
午前九時十七分の列車にのって行こう
仙山線・山形行きの風の中を切る道行き

おれはコートのボタンをつよく握って
西のそらへひそかに合図をおくる

列車は線路際の枯れた葦群をかきわけ
茶色い景色のなかを疾走してゆく
　オチアイ　アヤシ
　シラサワ　クマガネ
　サクナミ　ヤマデラ
車内アナウンスのかすれたこえ
沿線の山の頂を鳶が一羽舞っている
鳶よ
おまえの魚眼にも
おれの心の内襞は映し出されているか
ぼくが視ている歴史の事実がみえるかい

車内アナウンスはつづく
　オクニッカワ
　オクニッカワ
そうだその先は面白山トンネルだ

なにがオモシロイのかしれないがオモシロ山
宮城・山形県境の奥羽山系海抜一二六四・四メートル
そのけわしい山塊の真下をくりぬき通した
全長五三六一メートルの面白山トンネルだ
ながあいながあいオモシロヤマトンネルだ
暗闇にかくされてしまったままのトンネル
風聞に生きる長い長い血と汗の歴史のトンネルだ

うわさにささやかれたタコ部屋
朝鮮人の血と汗をつぎこんで穿たれたという
仙山線・面白山トンネルにぞろり列車は潜る
おれは列車と一緒に隧道に潜ってゆく
かれら朝鮮人たちの光る眼差しと声に出会うため

おれは瞳を闇のなかにこらしながら
ものすごい速さで隧道に降りてゆく
闇の深みの底でとよもす声々

〝おーい〟　声々に呼びかけよう
おれがあなたたちと手を取りあえる処まで
おれがあなたたちと歴史を口移しに語りつくすと
　きまで
ぽっかり開いた隧道の明日の出口まで
おれは列車にのって潜ってゆかなければならない
ずうっと語りつづけなければならない

相聞——詩人尹東柱《ユンドンヂュ》へ

今宵　わたしはこの街角で
胸の奥にしまい込んでいるドラマ
ひとりの詩人
ひとつの詩集をみなさんがたの前に差し出しまし
　ょう

詩人の名はユンドンヂュ
わたしは黄土《ホアント》の詩の旅でその人に出会った

〈ハヌル　ガ　パラㇺ　ガ　ピョル　ガ　シ〉
「空と風と星と詩」の詩集一冊から吹く風よ
おまえはわたしの魂を静かに解き放つ
〈パラㇺ　パラㇺ　パラㇺ　ガ〉
風よ吹き渡れ
わたしの胸をゆえなくゆさぶれ
〈ピョル　ピョル　ピョル　ガ〉
星よ輝き映えよ
私の瞳を赫々と燃やせ
〈ハヌル　ハヌル　ハヌル　ガ〉
空よ澄みかえれ

わたしの言葉をこだまさせよ
おお　ユンドンヂュ
〈ハヌル　ガ　パラㇺ　ガ　ピョル　ガ　シ〉
「空と風と星と詩」の生涯よ
あなたの中から吹く風は
しおれた魂の芽吹きを生きかえらせる
今宵　わたしはこの街角で
わたしの魂のなかに鳴りつづける
尹東柱の言葉を人々に伝えましょう
あなたの生命を識らずにいる人々に
言葉の垣根を越えて詩人のこえをひびかせましょう

〈シンパラㇺ　シンパラㇺ〉
秋の夜空を吹き渡る新しい風の径《みち》が
詩人尹東柱よ
あなたとわたしたちの魂をやさしく結ぶでしょう
列島の海の径《みち》は
西北からの風の径《みち》に通じているから……

風の栞《しおり》（1）

風のたより〈言の葉の栞《しおり》〉をお送りします
前文を省かず明らさまにしたためます
どうしたことか　暑さのはげしい日の次には
大雨の降り込める日や　曇りのすずしい日と続く
天候の日々です
私のさみしかった出生地は次のごとくです
宮城《みやぎ》の地名取《なとり》の郡閖上《こおりゆりあげ》の町高柳《たかやなぎ》の辻《つじ》です　そこは
西に奥羽の山並がつづき　白雪をかぶった蔵王の
山塊がそびえ、ふもとを走ってゆく東北本線の列
車の汽笛が　夜半に風にのってひびいてくるし
港外の海からは　おそろしげにひびく海鳴りの音
が夜中じゅう　いいえ　もやの込めた日などは
日中でもひびいてきたのでした

〝お前ナンカ何で生キテルンダ〟

うっとうしい海のもやのなかで
ささやかれるこえ
私は　中学二年の終わりが来る季節に　大きな都
会　仙台の清水小路という通りにある中学校に転
入学をいたしました　しかし　そこでもおなじ私
の生活が続いたのでした
とおくまで街場を行くときは　右と左に傾《かし》ぐ肩
を　大きな呼吸で腕の力を溜め込みながら　ここ
ろやさしい人の息《いき》をたしかめては拾う　街場のな
かの野良犬のような日々でした

〝甘えるんじゃねえど　コノヤロウ！

キサマのような奴は　ミダグネエ！〟
遠くで　私にではなく囁かれる声を
己《おの》が胸への　怒声として
風の中に　投げつけられる声と聴こえる　始末ではありました
でも生きていることだけは　それだけは　幾度かの末にでも止められんかったです
恥ずかしながら　生きているこの身おそれげもなく　いずれまた　お心にお会いできますように

浜に海嘯の来た跡
―閖上漁港のおもいで―

（Ⅰ）

あの日二〇一一年三月十一日の夕刻へ向う時限
突如ゆりあげ　ゆすられる大地の揺れ動き
見はるかす三陸の海原の境界へ墜ち込む水平線
そこのところからうねりは起こって浜へ打ち寄せた
だれがその起ち上がりの力動を見とどけたか
だれがその波の打ち寄せを許したのか
わからない　否わかることを許されない
知らせられない未知の時間の計りごと
数かぎりなく起こされた量るにおよびつかぬ
哭《かな》しみのこえが水のおもてをそして岸辺を

あっちへ引きさらわれ流されて逝った
そうだ　量るにつきない絶望の際限の終了を
だれも識ることはできないのだ
幾年かの空の気流と海流の潮あわいと
そうしてこもごもに吐き散らされた哭しみの声々
そのこえを背に聞きながら
あたり一面の原野となりはてた土に杭は打たれた

（Ⅱ）

あの日二〇一一年三月十一日の夕刻　そうだそう
　だよ
わたしの部屋から介護ヘルパーのSさんが
〝さよなら〟をのべてドアの外へ出て行った
東の方角へ向ってひらくあたりから

突如ゆりあげ　ゆすられる大地のうなり
あれは見はるかす三陸の海底の境界
そこへ墜ち込む水平線のあたりで
きっと　ずれ込む歴史の重みがうねりを呼んだの
　だ
だれが海底のずれを呼びあわしたのか
示し合わせたように空は暮れてゆき
呼びかける叫びが水の上を引きさらわれ逝ったの
　だ
間違いというには出会い切れない悲痛が充ちた
あふれこぼれるあのときの際限のない幻の絶叫を
　聴く
そのときわたしは時刻の針が一度余計に回るのを
　識る
いまも　あの刻限の声を夜の幻に聴きながら
わたしはこの跡地の荒れ場に立ちつくす
ああ　母よ

あなたの故郷の寺地は流されました

故郷〈ふるさど〉——閖上〈ユリアゲ〉

〝おめえさあ
忘れらんねべ
初《はず》めでこの海さつれでこられで
ばんばんうねって寄せでくる波ば見だとぎのごど
をや
丘の部落の田んぼの涯《はで》の森や林の樹立《こだ》ちなどばか
り
毎日眺めでいだおめえにはさ
その日の海の涯《はで》の水平線はおめえ一人ではやあ
そいづはほんとに　遠ぐで遠ぐで　広くて広くて
一生忘れらんねえ　気が狂いそうなもんだったんだ
よなあ〟

その頃　夜の枕辺に聴こえて来た　西の山のふ
もとを走ってゆく東北本線の列車の汽笛　その
「陸前増田駅」から真直ぐに県道と気動車《ガソリンカー》のレー
ルがのびてゆくと海　その行きあたるところに
わたしの生まれた閖上《ゆりあげ》の港町があるんだ　その
ところで　夜わたしは砂浜に松葉杖を置いて
砂浜に打たれた杭と自分の腰骨《こしぼね》を麻紐で結わ
え　波打ちぎわに身体《からだ》をさらしたのだ　それで
も打ち寄せる波にさらわれて死することもな
く　今日もいまここにあるのに　あの日　この
たびの海嘯の高波に　町のひとびとは　幾人《いくたり》も
波の向うに連れ去られた　きっとその悲しみは
人々のなかで　六年の歳月を費やしてもいまだ
に心は込み上げる涙に濡れているんだよ
いま閖上訛《ゆりあげなま》り　挽歌故郷ふるさど——〈ユリアゲ〉

への一篇を
心に秘めながら唄うよ

〃おめえさあ
忘れらんねべ
おめえひとりでは　遠ぐで　広くて
一生忘れらんねぐて
気が狂いそうなごどだっだんだべよ
ああ　おめえの故郷〈ふるさど〉――ユリアゲは
よ
海原はるが遠ぐまででっかくうねってよ
それは心熱《こころあづ》いあづい海だったのよ〃

彼岸の向う

未だ視ぬ花季の候にあやかり
紅き舌の蜻《とんぼ》が飛びきて囁くことしきり

街並を遠く離れふけゆく夜
人知れず行方不明のしらせを発信する
足腰の立たない老いたる親殺しの眩暈《めまい》の時間
語り部を抱えた舟渡しの老人の揺れる手漕ぎ
やさしい夢の揺り籠から刃をかまえて立ち
何処《いずこ》とも知れぬ駅をふり返りみながら
わざわいの言の葉をふりまいては
心ときめかせつつ旅を行き渡る

熱を負いつつ生きる夜の酒宴に
いざ行きなむ花一輪のことわけのみ

彼岸ノ向ウデハ
恩愛ノ極ミノ者ガ生キテイテ
生キテイルワタシガ死ンデイル

亡クナッタ母ガ生キテイテ
イマ生キテイルワタシガ死ンデイル
忘レラレナイアナタガ佇《タ》ッテイテ
アナタノ面影ヲヤドシタワタシガ仆レテイル
語リ部ノ渡シ場ニ鳴ル鐘ノヒビキ一点在
聴クヒトノ耳朶ニヒビキ
夜ハ闇ニ更ケワタル

彼岸の向うに未だ視ぬ大輪のバラ一輪
夜の河をすべる舟の漕ぎ音に眼を覚めつづけ
一節《ひとふし》の古歌に遠ざかる狐火を灯す夜のかさなり
傷めた向う脛の哭しみを抱えて
語りの場に佇ちつくす

（「ひびき」vol. 74掲載）

遺文

飛び交う小鳥らの鳴きごえをふるいわけ
旅に出ようというおもいで家の戸口をあける
そのときわたしのなかで発語するいくつかの情景
幾すじかの発語の流れが水平に流れてゆく
このごろひとびとの領域で未生の行方を定めるが
　ごとく
むかしむかしの殿方の領主らしく
嘘文のごとき高札を国の覚醒のなかに
あるいはみちの角または真中に
まことしやかにおっ立てていさかいを用意するや
　からあり
ただひとえに苦々しきことかぎりなし
ゆえにわたしはわたしの遺文をのこし
後の人々にその札をかついで街角に立ってほしい

のです
もろびとこぞりて街に出でて
東の方から西の方へ
南のはしから西のはしへ
見渡すかぎりの街の路地裏にはり紙をして
〈安全保障〉アンゼンホショウと声高に叫ぶお上
　の叫び声がすると
〈安全戦争〉と聴こえてきてかまびすしい
わたしは　一心に貝殻を耳におしあて
不自由な右足をつりあげる右肩を挙げては
〈戦争は嫌！〉〈センソウはコワレル〉
〈戦争は一人ぼっち〉〈センソウはヒトリボッチ〉
と　心中で鳴りだす
考えてみてくださいあの焼け野原になった全崩壊
　の戦争が終わって
まだ七十数年間しかたってないのに
えらい学者先生に政治家大臣の皆々様よ
一握りの弱い者押しひしいで未来が視える朝が
来ると思われますか
七十数年前は二度と嫌です
二度と許してはいけないのだ
どうか上から下へむけて
あるいは上から陽のあたらぬ片隅へ
意味の通じぬ高言葉を投げないで下さい

まじない――夢見のとき

けさの夜明けむき身の帆立が
卓の上でゆらゆらもやのような息を吐いた
わたしは吐息のゆらめきでのぼってゆく
夢のなかで量るようなつぶやきの時間
〝母よ

あれはなんの絵空ごとだったのでしょう
甲種合格はとんでもなく
丙種合格さえさらに天ののぞみ
そんな絵空ごとにあたいしないわたしの
　人生の第一歩がそのとき始まったのです〟
海辺の町の国民学校一年生
遠くまで行かなければならない
少年の日への第一歩がはじまった
入学直前の全校体格検査で
むき身貝のわたしの朝はそれだけで深まる
そのあとの物語
もやのかかったあの日の朝
海岸の方から一台のみかん色の複葉機が
校庭にむかって飛んで来てもやの切れめから
急に機首を挙げて見えなくなった
その日からほどなく
オレンジ色の飛行機をのせた荷馬車が通って行っ
た
行方不明の兵士の姿をさがしに
町や村のそこかしこに
たくさんの調べ人がたち
町から街道を海辺の道を
山よりの村への道を
その兵士の在り処をしらべまわった
帰りなん　いざ
飛行機のりの少年兵士よ
きっとうそでかためられた
特別な秘密のようにふりまかれたうわさ
帰りなん　いざ
いまはただついやされた
彼のあまりにも若きいのち
少年飛行兵の眠るいずこかの土の辺に
むき身のよるべなき彼の墓に
兵士に死を予約させせぬ

不具の少年の眼差しに幻えた
空の空中戦はその夜から
わたしの夜の空中にはなばなしく散っていった
わたしの脳髄の末端で一つ二つと燃えて
行くべき時間の果てへ墜ちていったまじない

九月の空へ

わたしは三年前の詩誌に
〈九月の空へ出たまま〉という詩を書いた

あなたは九月の空へ出てゆき
航跡を消したまま還らない――――とはじめ
あれから七年忌の朝
やはり空は晴れあがるのでしょうか　と閉じた
そうだったよね

あの年の九月二十日
あの日窓の向うのそらは
彼岸の景色に祝祭のように澄みわたり
わたしは街の道辺にたたずみながら
上空を流れてゆく雲をただ見上げていた
後日のおもいに以下の言の葉を記した

訣別のきわみの言葉ではなく
傷みの小休止に
〝少し眠るからそっとしておいて〟と
強く握る私の掌から
あなたの掌をはなして眼を閉じた
やがてかすかなあえぎの息の間から
一瞬わたしをみつめて明るく大きく瞳を見開き
それからしずかに息を引いて飛び立った
あなたはわたしのこの真実を聴きとどけたろうか
もう今年はあなたが逝ってからの十三年忌

突如の大雨が降り街々も水浸しだよ
わたしは癌をかかえたままのあなたが
わたしのベッドの窓の下にたたずんでいる
と　思いながら寝苦しい夜の寝返りを打つ
そうだ　あの日臨終の後に看護師さんたちが
あなたを風呂場で洗ってくれたとき
わたしはあなたの額をそっとなでて声をかけ
なぜか一滴の涙もこぼさずに病院を出て
タクシーに乗り一旦家に戻った

　話せないむなしさ
　話したいむなしさ
　聴きとどけられないむなしさ
十三回忌の九月二十日がやってくる日までに
その時間の底で眼を絶対に閉じないで
瞳の真央《まなか》にあなたの逝った方角の
すべての光景を映しとろうと納得するのだ

ああ　あれからの十三年間の昼と夜
十三回忌の朝に――
やはり空は晴れあがるだろうか

戯曲

船の少年

舞台くらいなか、テーブルをはさんで被告の男と検事の女がイスに腰をおろし対座している。舞台上空を哀歌（ベートーヴェンのソナタ）が流れている。

舞台中央の上手より検事の側に帽子かけの如き枯木が一本突立っている。

テーブルの上には、被告の男を照らす古い事務用の電気スタンド一つ。

検事の前には白い取調べの冊子が一つ開かれてある。舞台装置は芝居の終わるまでこのままの状態でつづく。

周囲くらいままで被告の男がうめくように呟く。

被告・男　ナタナエル　君に　情熱をおしえよう……

不意に運命のひかりのこえ劇場にひびきわたり、舞台中央の男と女に天井からの照りが降る。

こえ運命のひかり
だれが　少年の
こころの証しへ
旅立ちの空にでるか
おお　夢は　はてしなく
その時に立ち会えるか

愛の吹き矢に彩《いろど》られ
かずかぎりなく　くりひろげられる
この世の　沈黙へ合図を

運命のこえがひびくうちに哀歌（ベートーヴェンのソナタ）消えてゆき、女検事威儀を正して被告の男に尋問をはじめる。

検事・女　あなたの姓名は…………
被告・男　……………（黙ったまま答えない。）
検事・女　あなたの年齢は…………
被告・男　……………（黙りこくったまま。）
検事・女　あなたの本籍は…………出生地です。
被告・男　……………（相変わらず黙ったまま。）
検事・女　あなたの現住所は…………いま住んでいる場所です…………（もどかしげに。）
被告・男　（わずかに首をかしげ、呟くようにいう。）ナタナエル　君に　情熱をおしえよう！
検事・女　えっ、なんですって…………ナタをふるったですって？（検事眼を大きくはり）あなたの姓名です…………名前はなんと云いますか？
被告・男　……………（前の姿にもどり沈黙。）
検事・女　いったいどうしたんですか。あなたの年齢は…………年は幾つなんですか？
被告・男　……………（呆けたように答えない。）
検事・女　あなたの本籍は…………生まれた所はどこなんです。（苛立ちを見せる。）
被告・男　……………（遠くを見る面持ちで黙ったまま。）
検事・女　どうしたんですか…………あなたの現住所は…………住んでいた街の所番地です…………何県何市何町何丁目何番地です。（検事苛立ちの様子でテーブルの調書をかるくたたく。）
被告・男　（前とおなじようにかすかに頭をふり）ナタナエル　君に　情熱をおしえよう。
検事・女　えっ、なんですか。なんて云いました。……ナタナエル？　ナタナエルってのは誰です。フィリッピンかタイの人間ですか。誰です。（身をのり出す。）
被告・男　……………（ますます遠くを見るふうに、検事の胸のあたりに視線をはわせて机に頬をうずめている。）
検事・女　（調書をぱらぱらとめくって確認してから、被告の男の顔をじっとのぞき込み）あなたには妻がありましたね………えーと、昭和六十三年に離婚とありますが、それはナタナエルとかいう女性との不倫が原因で別れたのですか………

被告・男　………………（相変わらずの沈黙をつづけたまま。）

検事・女　どうしたのです。こう云われるのが辛いのですか。それなら姓名、性別、年齢、本籍、現住所を自分の口ではっきり述べたらどうですか。（怒りの表情をあらわして云う。）

被告・男　………………（にこっと笑ってうつむいたまま沈黙している。）

検事・女　黙っていて済むと思っているのですか。ここをどこだと思っているのです。ここは検事の部屋なのですよ。

あなたは罪を犯した容疑、しかもほとんど現行犯のかたちで身柄を拘束されているのですよ。さあ、答えなさい。答えるのです。

検事である私の質問に答えなければ、あなたはいつまでも拘束され、留置場から出られないのですよ。

被告・男　………………（相変わらずぼうっと。）

検事・女　なんというとぼけかたでしょう。

そんな事で済むと思っているのですか。私の質問に正しく答えて、身も心も軽くなり、早く裁判を受けなさい。

そうして一日も早く刑をつとめ、更生の道をあゆみなさい。いいですか。わかりますか。

さあ、名前は！　年は！　本籍は！　生まれた土地です。生まれた土地！　現住所は、いま住んでいる場所です！（ちょっと考え込んで）あっ、いまいる所は留置場か……留置場に入るまで住んでいた所です。つまりあなたが暮らしていた所ですよ。ほんとうに、まったくの馬鹿にも思えないのにどうしたことでしょう。

被告・男　………………（相変わらずの沈黙。）

検事・女　ええ、何ということでしょう。

あなた、完黙ということですかあ？　完全黙秘なら、完全黙秘と云ったらどうですか。

それならそれで、こちら側にも考えと腹がまえがあるのですよ！（だんだんきつい語調になってゆく。）ええ、どうなの。完全黙秘なのね。そうなのね。それなら、どうぞ自由に黙っていなさい。（いじわるそうに笑いを含みながら）今日は、こうしてがんばりましょうね。あなたがそれなら、きょうは夕食抜きで黙秘をつづけてもらいましょう。あなたが、話すまで根くらべといきましょう、ということよ。（検事息を抜くように窓の外を見やり軽く息を入れ呟く。）もう、外は春たけなわの花見の季節だというのに、あなたも私も不幸なことね。こんな取調べのひと部屋で、黙ってにらめっこだなんて。

あなたにも、罪を犯すよんどころない事情もあったろうに、私はその事情と、そのときのあなたの気持ちをよく聞きただして、あなたのためになればとも思っているのですよ。ただにあなたを罪におとしたり、バツをあたえようとだけ考えているのではないのです。

ただ犯した罪だけはね、その罪だけはこの世に、この社会に生きている人間として償わなければならないの。

ええ、それくらいのことはわかるでしょう。まんざらな馬鹿でもなさそうだし、……なんか、先程からぼそっという言葉も、何のことを云ってるのかわからないけど、インテリみたいには聞こえるもの。（調子を変えて一見やさしげに聞く。）ねえ、あなた、あなたのお名前は何ていうの。お年はいくつくらいかしら。もちろん性別は男性よね。生まれた所番地は。いままで住んでた場所は…………（立ち上がって男のうしろにまわり込み）

あなたは一体だれでしょう、か。

被告・男　（うつむいたままはっきりと）ナタナエル　君に　情熱をおしえよう。

検事・女　（男の言葉に半分呆れ、半分興味を示し）いったい、どうしたというのです。おなじ言葉をおまじないのように繰り返してばかり………あなたは自分の起こした事件についての認識がまるでないのですか。

先程話したように、人間というものは、自分の起こした事件について社会的責任があり、その結果として犯した罪は償わなければならないのです。

すべてはあなたにその原因があり、あなたは他人及び社会に迷惑を及ぼしたことについての責任をとらなければならないのです。

そこのところが、あなたのなかではっきりとわかっていないのでは……。（調書を仕方なさそうに見やってから、男の顔をじっとのぞき込みうかがうように）私にまわって来たこの調書では、すでにあなたのことは調べてあるのですよ。

あなたの名前も、年齢も、住所も、職業も、あなたの社会的身分のすべてが記されてあります。しかし、それはあなた自身の口から話され、あなた自身が認めなければ罪の是非をただすことにはならないし、あなたがこの社会に生きてることの責任を果たすための裁きを受けることにはならないのです。

たしかに犯行直後一過性の記憶喪失のごとき状態にあるも取り調べ中日常の挙措動作正常で問題なし、と調書にはあります。

さあ、答えてください。何故あのような事件を起こしたのか、罪を犯す結末に至ったのかを話しなさい。（一寸間をおいてから、思いなおしたようにして一つずつ区切るように力を込めて）さあ、答えるのです。姓名は！　年齢は！　職業は！　現住所は！　本籍は！………答えるのです。答えて下さい！

被告・男　……………（喉をごくりとさせて何か云いたげに、しかし沈黙をつづける。）

検事・女　どうしても口を開かないのですね………あなたは自分の起こした事件の意味がわからないのですか。なぜ黙っているのです。自分の口でそれを認めるのが辛いのですか。それとも忘れてしまったのですか………わずか一ケ月ほど前のことを……今日は六月の十日、時の記念日ですよ。もうボケてしまったのではないでしょうねえ。（検事ためすように男をのぞき込む。）

被告・男　……………（前とおなじように喉をごく

りと鳴らし少し頭をもたげ検事を見る。）

検事・女　そうですか。黙ってるのですね。（独り言のように）トボケているのか………記憶喪失をよそおうのか………忘れたというのなら私があなたにあなたの起こした事件を思い出させてあげましょう。（さっと調書を取り上げ）あなたは、先月の五月五日、ゴールデンウィークのことです。「子供の日」のことを覚えていますか。いるでしょう。あなたは、その日の午前どこにいましたか？　午前十一時四十分頃のことです。どうです？……（顔をのぞきこむ。）

被告・男　…………（相変わらず喉をごくりとさせて、検事の胸の向こうを見つめる。）

　検事かまわず男の顔を見すえ続け読み上げる。

検事・女　そうですか。かいつまんでこの調書を読んでやりましょう。「五月五日木曜日午前十一時三十分頃から四十分にかけて、海原町花釜囲の町道を建設機材ブルドーザー、通称『ユンボ』20トン車を交通規制上無とどけで、運転せる容疑者、『あなた』は（男をさっと指差す）、交通上他車の往来の迷惑もかえりみず通行し、時として対向車線上をも妨害せる危険を及ぼしつつ、やがて、花釜囲下原二十番地の容疑者、つまり『あなた』（指を差す）の母親の住む生家に到着せるものなり。この様子目撃者多数の証言によって明白なり。」そうですね。このとおりですね。（相手の顔を一瞬見つめる。）

被告・男　…………（短く咳き込み無言。）

　ふたたび調書に目をやり、かるく咳ばらいをしてから続ける。

検事・女　「目撃者などの証言によれば、同時刻十一時三十分頃から四十分にかけて、同場所に到着した容疑者、『あなた』は運転していたユンボのアームを急に高々と振り上げ、エンジンの出力をあげ、母親の現住している家屋つまりいま住んでいる家ということです。その家屋に向かって突進を開始せるものなり。そうして最初に家の門扉を突き破り、壁をぶち抜いて停止し、次にユンボのアームを屋根に向かって勢いをつけて振りおろすやいなや、そのまま後ろに同ユンボを発進させ最初の破損を加えしものなり。」

このとおりですか？……………どうしてですか。あなたのお母さんの現に住んでいる家ではありませんか。なにがあったのです？………え？

被告・男 ……………（一、二度咳き込み黙ったまま遠くを見るふう。）

検事・女 「このようにして、容疑者、つまり『あなた』は、重機『ユンボ』による同家屋への突進後退をくり返し、わずか十数分間にして、母親の住む家屋を原型をとどめることなく崩壊せるものなり。後には、まるで建築廃材の山のごとき瓦礫の一山が残されただけなり。その光景はまるで戦争であとかたもなく爆破された跡のごとくであった。物音におどろいた隣り近所のもの数人がかけつけ、大声で止めるようにと、制止せしが、容疑者は一切耳をかさず、家を破壊する行為を止めなかった。」

とこう調書に書いてありますが、この事実に間違いはありませんね。

なぜです？　なぜ、あなたの生みの母親の住んでいる家を…………その日からお母さんは年老いた身でどこで雨露をしのげばいいのですか。考えなかったのですか。

被告・男 ……………（相変わらず遠くを見る眼つきで。）

検事・女、相手の顔をじっと見つめる。それから、ふたたび調書に眼を落とし読み上げる。

検事・女 「現場に居あわせた目撃者の証言によれば、その際の容疑者は、つまり『あなた』です。その形相、姿はまるで何ものかに戦いを挑んでいるかのよ

かいため息をつく。)

被告・男　…………(かるく咳き込み、それからふうに見え、ものの怪に取りつかれてしまったかのようにも見えたという。さらに目撃者、風立太郎、広原三之介はじめ何人かの証言するところによると、そのとき容疑者は何かわけのわからない言葉を何度も口走り、うわ言のようにくり返していたと述べている。

検事・女、なぜかふかあい息をしてから、被告・男の方にあわれむような眼をそそぎながら、調書の最後の方を読み上げ始める。

検事・女　「目撃者、隣家の安藤総一からの通報により、海原町花釜囲地区所轄の海原警官派出所当直、巡査長平石浩太郎が即刻現場に駆けつけたが、その現場の初動捜査報告によると、容疑者は、あなたのことなんですよ。(相手を指差す。)倒壊せしめた家の跡に、重機ユンボを止めたまま、その運転席にて呆けた如く、うつろな眼つきで座ったままでおり、かたわらでは年老いた実母、薫が狂乱の様子で泣きくずれていた。近所の知人佐々木ユキが同女を介抱していたが、ただ『なぜ、なぜこんなことを』と泣きじゃくるばかりで、担当警官平石浩太郎の現場での事情聴取にもほとんど要領を得なかった、とのことである。

その目撃証言者のなかの一人三林ミカノが聞きとったところによれば、容疑者は『情熱を込めよう』とか『情熱を教えよう』とかいう言葉を声高に叫んでいて、目撃者らの『そんな途方もない馬鹿なことを止めるように』との制止の声にも耳を貸さなかったと述べている。このようにして、容疑者はわずか十数分にして火事場の馬鹿力のごとき気力にて母親の現住家屋、つまり容疑者の生家を破損倒壊せしものなり。」

(眼を被告・男にそそぎ心から不思議そうにして)え、なぜなのですか。どうして生みの母の住む家をこわしつくすことが、あなたの「情熱」なのですか。それが誰に「情熱を教える」ことなのですか、え?

とである。」（検事・女なんとも言葉にならない悲しいおもいを押さえて被告・男をみやり）なんということですか……自分の生まれ育った故郷、その家を壊すなんて……母の住み家を……

被告・男　…………（ふかいため息だけ。）

検事・女　「巡査長平石浩太郎は現場の家屋倒壊の現状確認、及び母親の状態、目撃者、隣家の安藤総一、近所の知人三林ミカノをはじめとし、風立太郎、広原三之介らの証言などから、ほとんど現行犯とみなせる事件と認定し、容疑者をその場で逮捕連行せるものなり。

なお、事件担当報告の末尾に、以下のようなことがらが記されている。

巡査長平石が容疑者に『お前が、これをやったのか。』と現場を指し尋問すると、容疑者は何を云っているのか要領の得ない言葉を口走るだけであった。一種呆けたような、記憶喪失のごとき様子であった。なおもきただすと、事件に触れることには一切答えずただ一言、『ナタナエル　キミニ　ジョウネツヲオシエヨウ』と云うだけで非常に巡査長平石浩太郎は困惑した、と述べていたことを付け加えておくものである。」

大筋のところ、これが所轄警察署から検察局の私の方に回って来たあなたの調書、つまり取調べ書です。これに相違ありませんね。どうですか。答えて下さい。

被告・男　ナタナエル　君に　情熱をおしえよう。（被告・男なぜか確信に満ちた眼差しで頭を上げ）

検事・女それに負けじと強い視線で相手の眼をじっと見つめ、断定的に云い切る。

検事・女　もうよろしいです。そんな言葉は聞きあきました。今日はこれまでです。さあ、両の掌を出しなさい。（検事・女、被告・男にガチャリと手錠をかける）はい、事務官連れて行きなさい。

被告・男は手錠をかけられ下手側より出てゆ

く。検事・女その姿を見やりながら呟く。
舞台背景に下手より上手へ引かれてゆく被告・
　男の影遠く見える。

検事・女　いったい自分の起こした事がらについての、はっきりとした認識があるのだろうか。（頬に指をあてながら。）

あの男が切れぎれに吐きかける「ナタナエル　君に情熱をおしえよう」という言葉の背後にはなにがひそんでいるのだろう。

その言葉を吐く時、私を見る彼のあの眼差しがまるで暗い少年の瞳のように遠くに放たれているのはなぜなのだろう。（思いなおして）どれ、明日の勝負としよう。

「ナタナエル　キミニ　ジョウネツヲオシエヨウ」か……ほんとに……ナタナエルさんおやすみ、また明日！


　独白中にベートーヴェンのソナタ流れて来て、

　検事・女、調書を抱え上手へ出る。

　舞台中央のテーブルと枯木だけが残る。

　舞台うすぐらくなると、船の少年・キララ上手より可憐な様子にて赤い船に乗り現れる。

　船の少年・キララ世界にむかって叫ぶ。

船の少年・キララ
愛の吹き矢に彩《いろど》られ
キララ　キララ　いっぱい散ってゆく
真赤な花の沈黙に　今日も手を振っている

あっ　キラキラする！

まぶしい！

眼がつぶれてしまった…………

遠い原っぱの先っちょの方まで行ってみたよ。

紅いすかんぽかじってみたらすっぱいの
お空のお陽さまじっと見てたら急にまわりが緑色になってしまって、なんにも見えなくなったの。

じっと眼をつぶって寝ていたら、風がざあっと吹いて来て、雨が横っちょから降ってきたの。

びっくりして飛び起きてみたら、原っぱにはだあれもいなくて、橋のたもとの三つ並んだお地蔵さんが眼をつぶって泣いていたんだ。

ぼくは、なんだかとても悲しくてだまってお地蔵さんに話しかけたんだ。

ぼくはこれからおおきなおおきな大人になるんでしょうか。いつも怒っている悲しい父さんのようになるんでしょうかって。

三つ並んだお地蔵さん
笹の小舟にいっしょに乗って
小川を海までぼくと流れて行きましょう
風にひらひらするお地蔵さんの赤いよだれかけ
笹の小舟にのっていきましょう
父さんもいらない　母さんもいらない
お地蔵さまはお友達
三つ並んだお地蔵さん
笹の小舟に赤いよだれかけ　ひーら　ひーら

船の少年唄いながら下手へ流れてゆくと、舞台暗転になり、こえ（運命のひかり）が天より降ってくる。

こえ運命のひかり
だれが　少年の
こころの証しへ
旅立ちの空に出たか
おお　夢は　はてしなく
その刻限に立ち会えたか

愛の吹き矢に彩《いろど》られ
かずかぎりなく　くりひろげられる
この世の　沈黙へ合図を

こえ（運命のひかり）が消えると同時にベートーヴェンのソナタ消えてゆく。

舞台あかるくなると、中央のテーブルに被告・男、一人座っている。

舞台上手より検事・女、調書を抱え入って来て被告・男の前に座り、じっと顔を見つめ、

検事・女　おはよう、ナタナエルさん。ゆうべはぐっすり眠れましたか。

被告・男　…………（相変わらず沈黙のまま。）

検事・女　はい、両手をこちらへ。（手錠をはずす。）さあ、両手が楽になったところで、あなたのお話を聞かせていただきましょう。ゆうべのようなわけにはいきませんよ。ということは私の質問に答えていただくということです。あなたの名前は何といいますか。（たんたんと。）

被告・男　…………（黙ったまま下を向いている。）

検事・女　あなたの年齢は幾つですか。お年です。

被告・男　…………（黙ったままわずかに首をかしげる。）

検事・女　あなたの仕事、職業は何ですか。

被告・男　…………（黙ったままかるく咳をする。）

検事・女　現住所は何処です。いままで住んでいた所です。

被告・男　…………（沈黙のままでいる。）

検事・女　あなたの生まれた所、つまり本籍地は何処ですか。（自信に満ち、笑みさえ浮かべ）まさか無国籍者ではないでしょう。何処ですか。

被告・男　…………（またもや咳払いだけで黙っている。）

検事・女　あなたの両親は現在生きておりますか。お父さんは、お母さんはどうです。

被告・男　…………（黙ったまま。）

検事・女　どうしてこんなことがわからないのですか。あなたは、一過性の記憶喪失におち入ったふしもあるが、挙措動作は日常不足なく正常であると調書にはありますよ。トボケているとしか本官には思えません。どんな人間にでも生みの親はいるでしょう。まさかコウノトリがあなたを運んできたわけでもないでしょうに……さあ、答えなさい。

被告・男　…………（またもやかるく咳払い。）

検事・女　あなたが自分について身分を明らかにしな

ければ、あなたの裁きはつかないのです。だから、あなたは検事である本官、わたしの尋問に答えなければならないのです。それがあなたの人間としての義務なのです。でなければ、あなたが生きていくための人間の権利は守られないのです。わかりましたね。

あなたには妻と男の子が一人ありましたね。（顔をのぞき込み返事を待つ。）

被告・男　…………（辛そうに咳払いをするだけ。）

検事・女　あなたの奥さんと男の子はどうしました。現在、あなたの現住所にくらしておりますか。自分の血をわけた子供と妻のことですよ。わからないはずがないでしょう。昨夜調書を読んできかせたあなたの年老いたお母さんのことを思い出したら、早く刑を受けて更生し、年老いたお母さんを幸せにする気はないのですか。お母さんは泣いておりますよ。さあ悪い夢から覚めなさい。

被告・男は検事・女の話の途中からなにごとか決意のようなものを瞳にただよわせているが、はっきりした声で検事・女に向かっていう。

被告・男　ナタナエル　君に　情熱をおしえよう。

検事・女　（一瞬たじろぐが、無理に平静をよそおいながら被告を見返して。）

なにをおっしゃる？　私は「ナタナエル」なぞではありません！　本官はあなたを取り調べている検事ですよ。

なあんで、容疑者のあなたから情熱などというものを教えてもらわなければならないのです。馬鹿も休み休み云いなさい。

被告・男　…………（いまや黙ったままにっこり笑って検事・女を見つめている。）

検事・女　あなた、まさか私を馬鹿にしているのではないでしょうね。（調書をめくりながら）自分の学歴のあるところを鼻にかけて、そんな言葉で私を煙に巻こうとしてもだめですよ。

被告・男　ナタナエル　君に　情熱をおしえよう。（男自信のある声でしっかりという。）
検事・女　（手を顔の前で振りながら）結構、結構、猫灰だらけってなもんです。私が識らないと思ってるんですか。あなたのおかげで昨夜帰ってから久しぶりに文学書なぞというものを読ませていただきましたよ。
アンドレ・ジッド、フランスの作家アンドレ・ジッドの「地の糧」という「ナタナエル　君に　情熱をおしえよう」で始まる散文詩作品の有名な一句でしょう。
それよりも本官・私にとって興味があったのは、ジッドの父がパリ大学の法科の教授で立派な家庭に育ち、きびしい人間の躾けを受けて育ったということです。
被告・男　アンドレ・ジッド　君は　日毎、夜毎くり返す自慰行為の波にゆられる船の少年だ。（静かに。）
検事・女　え、なんですって、自慰行為？　あ、オナニーのことですか。本官を女性だと思って馬鹿にしますか。
ジッドがそんな行いをしたかどうかはどうでもいいことです。大切なのは、ジッドが法学教授の父とカソリックの母のきびしい躾けによって世界的に有名な文学者になったことです。そこに彼の生きる情熱があったのです。あなたの情熱はなんですか？
もしあなたの情熱が、母の家をぶちこわし、路頭に迷わせ、社会に迷惑を及ぼすことであるとするならば、検事である私の情熱は、容疑者としてあなたを取り調べ、あなたが事件を起こした動機を明らかにし、あなたに罪への意識を芽生えさせ、その裁きと償いによって更生への意志を呼び覚ますことなのですよ。（調書をめくりながら）あなたも有名な高校も出ているし、若いときはジッドなど文学書を大分読んでいることだろうから、これくらいのことはおわかりでしょう。
被告・男　（かすかに笑いを含み）全ての犯罪者は詩人に通ずる少年を心に抱いています。
検事・女　なんということを云いますか。

あなたは自らの罪を合法化するつもりですか。

被告・男　なぜなら、少年とは、人生において故郷に還る道を失くした情熱の序節だからです。

検事・女　（男が心を開きはじめたことに気づき）あなたは全くの馬鹿でも、記憶喪失でもないようです。

昔、読書した本の一行を記憶もしていれば、その言葉をあなたの考えでもってどうも私に向けぶつけているようだからです。

しかし、ここは取調べ室で、あなたは事件の容疑者、私は事件の是非をただし、明らかにしなければならない検事なのです。もう、すでにわかっていることでしょう。（笑いかけながら男の顔をのぞく。）

被告・男　…………（男はなつかしそうに女検事の顔を見上げている。）

検事・女　（ふたたび調書を取り上げ尋問を始める。）

この調書によるとあなたは昭和十六年五月五日、宮城県仙台市荒巻古海道無番地にて生まれたとあります。ということは五十二歳ですね。そうですね。

被告・男　…………（無言でうなずくように息をする。）

検事・女　三歳のとき軍人であった父の死別にともない、母の生家のある海原町花釜囲下原二十番地に移り住み幼少期を過ごし、長じて仙台市内の某市立中学に転入学、某県立高校に進学し、卒業後上京某大学文科に入学せるも中途退学とあります。このとおりですね。

どうしてせっかく入った大学を中退などしたのですか…………早く大学を卒業し、母一人子一人の生活で苦労したお母さんを安心させる気にはなれなかったのですか。なにが原因だったのでしょう。

被告・男　（うなずくように頭を下げふかい息をするが、窓にとまった鳥を目にとめ思わずなつかしそうに）あっ　とり！

少年の日とは、明るい障子に映る鳥影のようなものです。

検事・女　（笑いながら）この部屋の窓にはときどき鳥がやってくるのです。あなたはまったくの詩人です。しかし、私から云わせればうつけ者というしかない。
調書にもどりましょう。その後あなたは様々な職業を転々とし、詩人と称して自由奔放な暮らしをして来ましたね。

被告・男　………（はにかむような笑みで沈黙。）

検事・女　そのような自惚れの気持ちと、自堕落な生活がもたらす人生の結果についてあなたは無関心でしたね。（調書に目をやり）あなたは、東京にいる時、一人の女性と知り合い結婚しておりますね。恋愛結婚ですね。そうして男の子一人が生まれておりますね。あなたのお母さんが警察の事情聴取で全部述べていますよ。あなたは母親の「詩なぞ書いてなんになる。カスミを食って生きてはいけないよ。」と生活を改めるよう言う忠告にも耳をかさず、自由奔放な暮らしの果てに昭和五十六年の暮れ、病弱な奥さんは耐えきれず子供をつれて家出同然出て行ってしまい、離別していますね。あなたはカケ落ち同然の結婚だったそうじゃありませんか。あなたの自分勝手な生活が、そのような結果を招いたのだとお母さんが嘆いているそうです。少しは思い当たりませんか。

被告・男　少年の日の悲哀は、少年の日の時そのままに生きつづけるのです。（遠く見る眼差しで、断定的に。）

検事・女　そうでしょうか。私はそう思いませんよ。人間とは成長するものであり、そのことによって自己を鍛錬し社会生活に適応する力を身につけてゆく、つまり大人になるということです。自由奔放に生きる情熱だけでこの世を生きてゆけるものではありません。相手の立場、心を理解し、思いやり自分をおさえるきびしい心がなくてどうして……・…だから奥さんは子供を連れて出て行ったのだとは思いませんか。

被告・男　…………（かすかに首をかしげる。）

検事・女　そうは思いませんか。（調書に眼をやり、一通の手紙を取り出す。）ここにお母さんから警察に提出された一通の手紙があります。結婚する以前に奥さんからあなたにあてられた手紙です。

お母さんは、あなたたちが真剣に愛し合っていたのに、なぜあなたがこうなったのか、息子の心をよく聞いてくれと云って手許にあったこの手紙を出したのだそうですよ。あなたはなんという親不孝、子不孝でしょう。

被告・男　少年は還る道を失い、戻らない時間を流れつづける船です。（静かに云いようのない悲しみを込めて。）

検事・女は憐憫に満ちた眼差しで被告・男を見やり、静かに読み出す。

検事・女　辛いでしょうが読みます。それであなたの目が覚めるのなら、あなたのお母さんのおもいも晴れるでしょう（手紙を眼の前に上げ、封筒から取り出して読む。）

「愛してます！　愛してます！

でもこんな言葉を手紙に書かなければならない自分がとてもみじめなのです。

今の私には人の言葉というものが、特に自分自身の言葉がとても信用出来ないのです。愛してますと書いて、そのインクもかわかないうちにそれを破ってしまったばかりの私なのですから。

それでも書かなければならないのです。私はつらいのです。このような私にあなたが少しでも嫌悪感をお持ちになるのではないかと考えると。

私を離さないでください。私はほんとうに恐ろしいのです。自分が…………いつでも不安なのです。こんな中味の自分を、じょう談や明朗や無感覚みたいなものにおしつつみ、あなたに押し付ける自分がいやなのです。」（男の顔を見やる。）なんと真剣な気持ちでしょう。わかりますか？

被告・男　…………（息をつめて記憶をたぐるように、咳ばらい。）

検事・女　「私が家をはなれ、親を、兄弟を、友人を親戚を、ありとあらゆるものをすてることを決意したのは何の為か、誰の為かあなたには解らないのですか。ばかばか、北海道へという土地を云ったのは、私達の性格になんとなくしっくりする土地のように思えたからです。それに、ほんとに自由になれそうな気がする土地だからです。」（男の顔をじっと見つめる。）ほんとうにこんなにもいじらしい愛があるでしょうか。

被告・男　えへん、えへん。（男、辛い過去を振り切るように首をふる。）

検事・女　「それでも私はあなたを愛している。惰性や妥協で、あるいは仕方がないからなどという考えで愛してもらいたくないし、私もそんな愛し方はしたくないのです。お互いに離れたくなったのなら話は別ですが、そうでなくてあなたが私から離れるような場合は必ず殺させていただきます。」（検事・女、考え深くふかい息をつく。）

「今夜はとても月が明るいのです。でも私には、月よ太陽よなどというロマンチックな言葉を使ったり、美しい字を書こうなどという余裕も、もうないのです。

愛しています。私を離さないで下さい…………」

　被告・男、検事・女の読む声をさえぎるように突如おおきな声で語り出す。

被告・男　やめて下さい。あなたは、なぜ視ようとはしないのですか。

いまという現実の底にかくされ流れ続ける少年の日の情熱を………

少年の日の悲哀は、少年の日の刻限そのままに生きつづけています。少年はこの世の人間模様を映す「人間の気象台」なのです。

検事・女　おや、ほんとうに話しはじめましたね。ところで、それはそうかどうかはわかりません。

あなたが云った「全ての犯罪者は詩人に通ずる少年を棲まわせている」という言葉が真実ならそう言えるでしょう。

そうならば私は全ての人間の罪の刻限を明らかにただし、量る水の時計台だわ………（つぶやくように。）

ベートーヴェンのソナタ鳴り出してくる。
検事・女、考え込むふうにじっと被告の男の顔をのぞく。男はそれをやさしく見かえしながら詩を語り出す。照明うすぐらくなってゆく。

被告・男　ナタナエル　君に　情熱をおしえよう。
（ふっと少年の顔になり）

夜の花火
キララ　はなればなれ
はなれびとの口説に惑わされ
とつおいつこの世を生きてきた
風の行方に耳を澄まし
河の流れに心をのせて
今日もたどる人間の気象台
生命のきわに炎える
花の火　はなれ　ばなれに
おお　炎えさかる

キララ　キララ
夜の花の火よ

哀歌（ベートーヴェンのソナタ）流れつづけるうちに、舞台中央の男と女だけ浮き上がって見える。船の少年・キララ下手より赤い三輪車にまたがり可憐な姿で出てくる。
少年キララ世界に向かって叫ぶ。

船の少年・キララ
愛の吹き矢に彩《いろど》られ
キララ　キララ　いっぱい散ってゆく
真赤な花びらの沈黙に　今日も手を振る

あっ　とり！
ドッキン　ドッキン！
胸が飛び出してしまった…………
たかい空のてっぺんに浮かんでる鳥を見上げていたら、雲の船がゆるりとくずれて、ぼくは真青な海におぼれてしまった。それからあとは真白さ。なあんにも見えない。
眼が覚めたら、そこは一本の大きなくるみの木の下で、あたりはまっくらくらの夜だったんだ。木の上のふくろうの眼がお月さんのように二つ光っていたんだ。それで、ぼくはいつも怒ってた悲しい父さんへ手紙を書いたんだ。

遠くの遠くの向こうにいる父さん
望遠鏡でぼくのいる大きなくるみの木をみつけて
ぼくだと思ってください
風にさわさわ鳴る葉っぱのざわめきを聴いて
ぼくだと思ってください
枝のしげみに止まってるふくろうのまあるい眼をのぞいて
ぼくだと思ってください
お母さんがかしこい大人になる人は
〝両膝を抱え頬をうずめて考えごとをする人よ〟と云ったけど
ぼくはとりの飛んでゆくのを見て
〝あっ　とり〟とすぐにそのこと忘れてしまうんだ
父さんぼくはこれからおおきな大人になるんでしょうか
悲しい父さんのようにおおきくなるんでしょうか

遠くの向こうにいる父さん
笹の小舟にぼくは乗り
夜の川を海まで流れて行きましょう
ふくろうばたばた飛んでる夜の闇
きんらんひかるふくろうのまあるい眼
笹の船に乗って行くのです
父さんもいらない母さんもいらない
ふくろうは舟の船頭さん
二つ並んだランプのまあるい眼玉
笹の小舟に灯るランプです
夜の川を流れて　きんらん　きんらん

船の少年・キララ唄いながら上手へ出て行く。
哀歌（ベートーヴェンのソナタ）が静かに消え

て舞台明るくなると、被告・男と検事・女、以前のように対座していて語り出す。
被告・男の瞳はまるで少年のように輝き、検事・女の顔を真直ぐ見つめて語り出す。

被告・男　ナタナエル　君に　情熱をおしえよう。

検事・女　あなたのその言葉はわたしに云っているのではなくて、つまり、その、あなたのなかに棲んでいる少年に対して言っているのですか。

被告・男　そうかもしれません……わたしのなかに棲んでいる少年……いや、世界中の男たちのなかに棲んでいる全ての少年の日々へのあいさつなのです。

検事・女　しかし……それが、今度のあなたの引き起こした事件とどう結びつくのですか。あなたの老いた母親が住む家をブルドーザーで打ちこわしたことと……。あなたの幼少期、つまり少年時代の出来ごとと、なにか関係でもあるのですか。

被告・男　あなたの言葉をそそぎ込まれることで、わたしのなかの少年が眼を覚ましたのです。その少年をナタナエルと言ってもよいのです。

検事・女　どうもわかりませんねえ。それは、あなたがあなたの起こした事件、つまり、あなたの罪を認めるということですね。（男の心の中に飛び込む眼差し。）

被告・男　どうして、あなたは事件事件、犯罪犯罪とわたしの心の外側の壁だけをなぞり、たたくのですか。わたしのなかの少年は、とっくに眼を覚ましているのです。（決然として云う。）

検事・女　あなたは自分のなかの少年、少年と云いますが、それは自己の現実から眼をそらし、いたずらに過去の少年の日へ逃避を企てていることになるのではないですか。

被告・男　……（一瞬笑いを含んで相手を見る。）

検事・女　どうです。素直な気持ちになって、あなたの小さい時に受けた悲しいこと、辛いこと、つまり心の傷がいまだにあなたの中にあり、それが引き金となって今度のような犯罪、事件を起こすにいたったと認めたらよいのではありませんか。

被告・男　わたしは、わたしの少年を抱えて耐えているだけです。（悲しげな面持ちで。）

検事・女　それならば、あなたのなかで目覚めた少年に聞いてみたらどうですか。（鋭く）

先月の五月五日、それも「子供の日」にですよ、あなたが海原町の花釜囲地内の、あなたとあなたのお母さんが暮らした思い出の家を、しかも、いま現に年老いたあなたの母が住んでる家をブルドーザーで、なぜ、こわさなければならなかったのか。

あなたを愛していたはずの奥さんが、病弱の身でありながら、なぜ家出同然にあなたを捨てて出ていったのか。

奥さんと子供はいまどこで、どう暮らしているのか。そのことを、あなたのなかに住むというその少年に問いただしてみたらどうですか。そして、そのことをわたしに話してみて下さい。

それがこの事件を解決させることなのです。そうではありませんか、どうですか……（相手の眼をのぞき込む。）

被告・男　少年の日は飢えに満ちているのです。飢えた少年にふさわしいものは情熱です。

検事・女　だから、そのこととあなたが容疑を受けている今回の事件と、どう関わりがあるのかをききただしているのです。

被告・男　少年は飢えたまま年を経るのです。少年は老いて大人になるのではないのです。少年はこの世のあらゆることがらや事件のなかを通り抜けてめぐりつづけるのです。あの銀河のなかの星の光のように。

検事・女　馬鹿を言っちゃいけません。あなた知らないのですか。それじゃ教えてあげましょう。

あの夜空の星々や星座は、永遠に輝きつづけるようにみえますが、何十万億光年の彼方で光りつづける一つの星の最初の光の矢が、この地球上の私たちの眼にとどくころには、もうその生命は終わっていて、ブラックホールになっていることだってあるのですよ。星も生まれて、そして老いて死んでゆくのですよ。だから時間が私たちの生活の刻限をきざみ、私たちのまわりに起こるさまざまな事実、事件をあきらかにしているのじゃありませんか。

被告・男　いいえ違います。

わたしは星の時間やその生命の量のことを言っているのではないのです。

わたしは星の光のことを言っているのです。星々から無数に発する光の矢がわたしの中を照らし、宇宙の彼方へ無限に飛んでゆくことについて述べているのです。その光を浴びることで、私のなかの少年は燃え、永遠に飢えるのです。

そのときわたしのなかの少年は、「わたし」という固有の記名性・名前をはがれ、世界中の無名の少年の仲間入りをするのです。

その光を浴びて燃えるような飢え………それが情熱なのです。

検事・女　（さえぎるように）そうですか。その燃えるような飢えが、あなたにこの事件を起こさせたというのですか。

そんな理屈で、この事件を起こしたあなたの動機の説明がつくと思っていますか。

だれがそんなことで納得できるでしょう。

あなたは少年ではありません。当年とって五十二歳の男性ではありませんか。もう初老の分別ざかり、わたしはあなたの詩的な夢をたずねているのではないのです。

現実を生きている五十二歳の一人の大人、年老いた母があり、結婚して離別した妻と子供一人がある男の現在を、その男の起こした事件の背景を知りたいのです。ほっほっほ（笑って）まあ、それがあなたの言葉で云いかえれば、私のあなたへ向かう情熱であり、事件を起こしたあなた、つまり、あなたの少年が人間の気象台なら、わたしは気象の事実を計測する水の時計台ということになるのでしょうね。

ほっほっほ…いずれにしろ、あなたは人間として社会的責任を果たさなければならない、れっきとした大人です。わかりますか。

被告・男　検事さん、どうしてあなたはわたしの外側だけをなぞりたいのですか。どうしてあなたはわたしのなかの少年に会おうとはしないのですか。それで人間の全てがわかるのですか。

検事・女　おや、私を呼びましたね。それでは話をする気になったのですね。

被告・男　検事さん、あなたは一人の人間の姓名や年齢、職業や住所、出生地や学歴などの属性を調べて、あるいは起こした事件の概要を調べることで、その人間の内面のおもいや考えの全てがわかるというのですか。もしかすると、おそらく、当のその人間にもわからないものを………

検事・女　ではききますが、あなたはこの世間を、直感や感性だけで生きていますか。調書をみると、あなたは若いとき詩を書いていて、詩集を出したりもしているようですが、そのあなたと云えど、生活のためにお金をかせぐ社会的な仕事をして来てはいるでしょう。そのとき生ずる社会的責任の一切を投げ捨てて来たわけではありますまい。

被告・男　………（辛そうに下をむくと咳ばらい。）

検事・女　わかりますね。さあ、はやく私のたずねることに答えて調べを終えましょう。あなたのお母さんも心の底では、大変心配しているようです。あなたの答え一つによっては、情状酌量で裁判の結果の刑もかるくなるかもしれませんよ。あなたの辛い幼少期と悲しい思いは、この調書から私にもわかりますよ。さあ、あなたの姓名は、年齢は………

被告・男　わたしは刑が軽くなればいい、なぞとは露ほどにも思ってはいないのです。聡明で美しい検事さん、わたしの名前をきく前にあなたの名前を教えてください。そうでしょう。

検事・女　（一瞬困ったように額に手をあてるが、笑みを含みながら）そうですか、私の名前をあなたに教えれば、あなたが私のたずねることに答えてくれるのですね。容疑者に名前を明かすことはしないのだけど、あなたは本当は心の優しい方のようだから、いいでしょう。（おどけて）本官の名字は北島です。私の名字は北島といいます。

被告・男　（少年が甘えるように）いや、名字だけではだめです。フルネームでお願いしますよ。

検事・女　そうですか。いいでしょう。私は北島ユリといいます。

被告・男　美しい名前だなあ。聡明なあなたにぴったりですね。年齢はいくつぐらいかなあ、三十歳前後というところでしょうか……

検事・女　それじゃ、今度はあなたの姓名です。おあいこですよ。年齢は五十二歳ですね。

被告・男　わたしは丹羽林之介と申します。昭和十六年十二月生まれですから、当年とって五十二歳になりました。大分くたびれた年になりました。ところで、北島検事さんは何歳におなりで………（男背をのばし検事をみつめる。）

検事・女　なんかあなたのなかからオーラが発しているみたい。これじゃ、どちらが容疑者でどちらが検事かあべこべですわ。

ま、私の尋問に答えてもらうのですから、私も答えましょう。私は三十四歳です。

（気を入れかえて検事の顔にもどり、しかしやさしく）ところで、あなたは仙台市荒巻古海道無番地に生まれ、それから、今回の事件のあった場所、海原町花釜囲下原二十番地にお母さんと一緒に移り住んだことになってますね。それはどんな事情だったのですか。

調書では軍人だった父親と死別の後となっていますが………

被告・男　ええ、わたしにもよくはわからないのですが、母から聞いているところによると、わたしが三歳のころ父は海軍の水兵でガダルカナルの沖で戦死したそうです。なにか文学好きのところがあって、男の子のわたしに森鷗外の本名林太郎から一字をとって林之介と名付けたと云います。船に乗っているのでめったに家には帰って来ず、帰ってくると日がな一日わたしを膝に乗せて童謡を歌ってきかせていたそうです。その父が戦死したので母の実家のあった海原町花釜囲に、母に連れられて移ったのです。
あの頃のわたしはまったくの少年でした。軍人である父はわたしにはやさしくしてくれましたが、よく母をなぐりました。だからわたしにはとても恐ろしく、またその父がなぜか悲しくさえ見えたものです。わたしは一人遊びの夢をその頃から育てました。

検事・女　お母さんは大変でしたねえ。

被告・男　大変かどうかは知りません。ただ母はわたしにきびしくあたり、あるときは庭にたたきつけられ、わたしは気を失ったこともあります。わたしは、自分が母の子ではないのかと思うようにさえなっていました。

検事・女　移り住んだ海原町花釜囲での暮らしはどうだったのですか。

被告・男　そうです。(遠くを見る眼つき) あすこの空も、海も、原っぱも、全部わたしを育ててくれました。
日がな一日、海の見える丘や原っぱで過ごし、学校に入ってからは山学校でサボることもしばしばです。鳥や、道ばたのお地蔵さんや、犬や、猫、なんでも話し相手でした。わたしはいつか独り言の名人になっていました。

検事・女　あなたは何歳ぐらいまでそこで暮らしたのですか。その頃あなたのお母さんはどんな仕事をしていたのですか?

被告・男　(はげしい怒りと錯乱の色が瞳にうかぶ。)
ナタナエル　君に　情熱をおしえよう　です。
(はげしい感情をおさえるようにして)
わたしは、あの村に中学二年の夏までいました。母は近所の農家の手伝いや、魚加工場の手伝いなどをしておりました。わたしのなかの少年の日はあの村で情熱をたくし込んだのです。それはそれは、しょっぱいしょっぱい情熱を………

検事・女　あなたがこだわる少年の日とは……そのの村でどんなことがあったのですか。（顔をじっと見る。）

被告・男　（狂おしそうな眼で）あれは小学校六年の頃でした。南の空に入道雲がもくもくとわいて、やがてまっくらになり一閃の稲光りがして大粒の雨が一面どしゃぶりに降って来ました。学校から走りつづけて家の戸をあけると母のすすり泣いている声がきこえるのです。（思わず机に頬づえをつき暗い眼差しを投げ）母が犯されていたのです。暗い部屋にさし込む稲妻の光のなかで赤銅色の漁師の背中の下で、裸にされた母の白い体がとても美しく不気味にみえたのがいまでも焼きついているのです。母のすすり泣きと落ちかかる雷鳴の中でわたしは一部始終を見てしまったのです。ああ、そうして、その瞬間、母とわたしの眼があってしまったのです。でも、母は次の日なんにもいいませんでした。わたしはその時以来、夜半ふとんの中で、原っぱのすすきの中で、ほこらのかげで、自分が独りのときはまるで贖罪のように自慰行為のオナニーにふけったのでした。一瞬間墜ちてゆく感覚のくりかえしにわたしの日が暮れました。見上げる空の太陽が黄色に見えるまでくりかえしました。それが、その時のわたしの少年の日の情熱です……誰にも話せなかったこんな話、どうぞ笑ってください。

検事・女　（深く考え込みながら）そうですか……
…あなたの愛は深かったのですね。
それで、ナタナエル　君に　情熱をおしえよう　なのね。

男の話の終わり頃から哀歌（ベートーヴェンのソナタ）鳴り出してくる。
照明うすぐらくなり、舞台中央に被告・男と検事・女うかんで見える。
船の少年・キララ三輪車にのり出てくる。

船の少年・キララ
愛の吹き矢にさし抜かれ

キララ　キララ　いっぱい散ってゆく
真赤な花の沈黙に　今日も問いかけている

おお　つめたい
涙が横に降っている
なにからんの木のしたで
なにからん　なにからん
ぼくのお家はどっちかな
ちょっと首をふりむけたなら
あかい木の実が落ちてきた
あまい匂いにつつまれた母さん
風がなにからんと鳴るのを聴いたら
それはぼくが唄っているのです
あかい木の実が落ちたなら
それはぼくが投げた合図なのです
なにからんの木のかげをゆるりとまわる午後の日差し
あかい木の実の粒々かぞえてお陽さま墜ちてゆくのです

母さんいまごろなにしていますか
涙を横に降らせてお昼寝ですか
母さんもいらない　父さんもいらない
なにからんの木のまわりゆるりと流れる小川を
ぼくは笹の小舟に乗って行きましょう

あかい木の実をいっぱい積んで
日がな一日ゆれながら
笹舟水の輪にくるまれて
なにからん　なにからんと鳴る風の音
吹かれて海へ行きましょう

船の少年唄いながら下手へ入ると哀歌（ベートーヴェンのソナタ）消えてゆき舞台明るくなる。被告の男、検事・女に問いかける。

被告・男　ナタナエル　君に　情熱をおしえよう。検事さん、北島検事さん、あなたにはわたしが視えましたか、容疑者としてのわたしではなく、わたしのなかに棲んでいる少年が視えましたか。
検事・女　あなたのなかの少年が視えたかどうかはわたしにははっきりと言えません。
ただあなたの幼少年時代の事情ははっきりとわかりました。（心を整えるように）あなたは中学二年の夏まで海原町花釜囲に居住し、それから仙台市内の市立中学に転校したのですね。それから市内の県立高校に入学したのですね。その時、お母さんはどうなさったのですか。
被告・男　はい、そうです。でも、仙台に出たのはわたし一人です。母は故郷にのこり、わたしは仙台の親戚の家にあずけられたのです。
検事・女　それじゃ他人のなかで大変だし、さびしかったのじゃありませんか。
被告・男　いいえ、わたしはかえって自由になりました。あの夕立の日、見合わせた母の眼差しと、母の白い肌の匂いから解放されて自由でした。それから、村人のわたしたち親子をみる好奇の特別な眼からも解放されてほっとしたといいえます。
検事・女　そういうものなのでしょうか。私には男の子の心理の動きはしかとはわからないのですが、ただ、あなたの心のひだの深い傷はわかります。
被告・男　検事さん、いや北島さん、あなたは一人の女、失礼、女性として自分の重さを量ったことがありますか。
検事・女　それはあります。わたしも一人の人間ですから。
被告・男　そうしてなにが視えましたか。あなたのなかの一人の少女ですか、それとも一人の母性ですか。
わたしはきっとあなたの中に視えるのは一人の少女ではなくて、一人の女つまり「母性」だと思うのです。それは男が自らの中に棲む少年に絶えず出会うことによって生きるのとは違い、女は自らのなかの女そのものの力、つまり母性の力によって生きているのだと思います。女であることを決して馬鹿にして言っているのではありません。むしろ、その逆です。

だから少年という字は、少い年と書き、小女という字は小さな女と書くのです。ははは、男は最初は男になれないのです。この世の妖精のごときもので、偉いことに女性はその同じ時期すでに女になっているのですからねえ。

検事・女　どうも詩人の話す言葉はむつかしくていけませんね。

でも、私も一人の女であることに変わりはありませんから、それはいろいろ考えてみます。あなたのように、直観的に断定はしませんがね。人間には視える部分と視えない部分があって、そのまじり合うあわいのミルク色に見える部分に、悲劇も喜劇も、幸福も不幸も、いろいろの事件が生まれるのだと思います。表だったものが裏だったり、裏だったものが表になったり、それが社会という事象で、云ってみれば人間社会の天候を表わす気象みたいなものです。ただ、私は云ってみればその現象をただしく計測し量るための水の時計台につとめている番人のようなものです。

被告・男　それでさびしくはありませんか。他人の事象をたえず洗い計測するだけの存在に徹しなければならないなんて、あなたにも過去、現在、未来があり、愛する人も家族もあるでしょうに…………同情しますよ。

検事・女　心配御無用です。そのことは先刻承知の上です。(笑いながらはにかむように) どうも、あなたから発されるオーラのような不思議な人間臭さには困りますね。自分についての問答に引き込まれてしまいます。

被告・男　いや、検事さん、あなたこそ不思議なパワーでわたしのなかの少年を、目覚めさせ、わたしに口を割らせているではありませんか。わたしは以前にどこかであなたに出会ったような気持さえしているのですよ。

検事さん、北島検事さん。あなたは恋愛の御経験がおありですか。

検事・女　あなたがあまりに自分の過去にこだわりすぎているようですので、私のことではなく私の友人の検事のことについて話してみましょう。それを私のこととあなたがとるのは勝手です。ただあなたが起こした事件についてもっと客観的で冷静な判断をあなたが持ち私に供述していただければそれでよいのです。

被告・男　ああ、あなたはなんて心やさしい人だろう、北島ユリさん。

検事・女　私情を混同しないでください。私は検事です。ところで私の友人の検事は、彼女の職業に検事を選択したがゆえにその恋人と別れねばなりませんでした。なぜなら恋人は学生運動の闘士だったからです。しかし、彼女が検事の職を選んだのは彼女が小さいとき、彼女の父が公金横領の疑いで不当な取調べの結果自殺したからなのです。その小さい時の取調べの不当をただすべく、彼女は自ら検事の職業を選んだのです。彼女の信念は不当な取調べを排し人間の真実の姿を見つめることなのです。裁きの可否の結果は社会が決めることでそれによって自らも裁かれると彼女は言っています。彼女はただいまも独身で母と二人のアパート生活をしています。

被告・男　そうですか………（黙ってうなずき考え込む。）

検事・女　さあ、あなたの番です。あなたの心の垣根を取り払って、私に真直ぐ向かってください。（毅然とした態度に戻り尋問）あなたには妻と男の子一人がありましたね。なぜ離別したのですか。

被告・男　はい、結婚しておりました。男の子が一人ありました。妻の名は洋子、子供の名前は輝生といいます。昭和五十六年十二月の暮れに妻の洋子は、子供の輝生を連れて出て行ったきり戻りませんでした。

検事・女　それはなぜですか。

被告・男　妻はわたしの詩を書くおもいに理解を示してはいたのですが、病弱な身でわたしが詩を書けない故の日々の暗さと飲酒の日夜に耐えきれなかったのと、また私の自殺への欲望を嗅ぎ取って愛想をつかし出て行ったのだと思います。

検事・女　えっ、あなたには自殺願望があるのですか。いままでに自殺しようとしたことがあるのですか。それはどういうことですか。

被告・男　ええ、二度ほどあります。一度は母とです。でもこれは私が小さかったので自殺というよりは、母による無理心中未遂と云ったほうがよいでしょうか。あれは、わたしが小学一年ぐらいの時だったでしょうか。すすきが一面に咲いている野原に母と一緒に行ったのです。なんの木かわからなかったのですが、大きな木の根元に連れて行かれました。あかい丸い実が一杯枝に実っていたのをいまでもおぼえているから不思議です。

検事・女　それでどうなったのですか。

被告・男　木の根元に二人並んで座ると、母はわたしを抱きしめ、みょうにかすれた声で歌を唄いましたよ。なんの歌だったかなあ。唄っているうちやにわにのしかかってきてわたしの首をしめつけたのです。わたしは木の幹に頭を打ちつけられ、あとは何が何だかわからず真白です。

検事さん、聴いているのですか。

検事・女　…………（黙っていたがふと気づいて深くうなずきため息をして）暗い情熱も生まれるはずです。

被告・男　しばらくして、私の脳の枝葉にしずくのようなものがあたり、私の意識が戻りました。あかい丸い木の実が頬にあたったのです。あれは私の記憶が生まれてきたと言ったほうがよいのかもしれません。なぜか母は首に赤いしごきをまきつけて、わたしを抱きしめていたのをおぼえています。あのとき真上の青い空が海のようにおもわれ、太陽はキララ　キララと船に乗ってゆれているようでした。はっはっはっ、「船の少年」ですか。

検事・女　あなたは抱かれていたのですね。その時あなたは母親に結わえられたのね。近親憎愛のみごとな鎖だわ。

被告・男　ふっふっふっ…近親憎愛のみごとなくさりですかあ。わたしの中の少年は結わえられたわけです。したたかなマザーコンプレックスの毒酒といきますか。

検事・女　それからもう一つはいつだったのですか。

被告・男　そうです。あれは高校三年の春先の頃でした。わたしのなかにいつもつきまとう記憶の歴史を整理しようと、北海道への旅に出かけたのです。それがわたしの放浪癖の最初の出発でした。帰らなくてもよいと思ってましたから。戻りの汽車で野辺地の駅で降り、青い海を見ていたら不意に死のうと思いました。買い求めていた睡眠薬のカルモチンを飲んでリンゴ畑の中で横になりました。あてない心の旅路だったんですよ。検事さん、わかります?

検事・女　…………（男の話をメモをとっているのが顔をあげて黙ってうなずく。）

被告・男　薬を多く飲みすぎたのか頬をたたかれて眼をあけると朝でした。りんごの花にとりまかれていると、まるで繋る記憶の歴史にとりまかれて座っているようなおもいがしたのです。そして生き返った悔しさのあとに、何か悲しみといったらいいのか怒りといったらいいのか熱いものが咽からほとばしったのです。わたしは大きな声をあげて泣いていました。

あの時、涙は横に降っていたのです。

検事・女　そうですか。よくお話をしてくれました。あなたの今日、ただいままでの心の流れがよくわかりました。こうしてあなたの少年はあなたのなかに棲みついたのですね。

被告・男　そうなのです。こうして、わたしはその頃読んでいたアンドレ・ジッドの作品「地の糧」のナタナエル　君に　情熱をおしえよう　のナタナエルと同居することになったのです。

それから近親憎愛のくさりにつながれての飲酒と叫び言葉の錯乱の日々だったのです。おもえば恥ずかしいことです。

検事・女　そうですか。あなたはわたしが思ったとおりの人でした。

ではあらためてあなたに尋ねます。もうお別れです。

あなたは丹羽林之介五十二歳ですか。

被告・男　はい、そうです。間違いありません。
検事・女　職業および現住所について話してください。
被告・男　職業は建設作業員、海原建設やとい。現住所は宮城県宮城郡海原町花釜囲上原零番地四の二。
検事・女　本籍はどこですか。
被告・男　えーと宮城県仙台市荒巻古海道無番地です。
検事・女　あなたには実母丹羽薫が生存していますが相違ないですね。相違なければその住所も話してください。
被告・男　はい、生きております。住所は宮城県宮城郡海原町花釜囲下原二十番地です。
検事・女　あなたは、いつ花釜囲にもどってきましたか。そしてそれはどうしてですか。
被告・男　去年の十二月初めの頃です。それはわたしの少年の日に出会うためです。
検事・女　あなたは実母薫のもとに、家出した妻洋子から最近音信があるのを知っていましたか。
被告・男　ええと……（言いよどむ。）
検事・女　あなたは知っていましたね。
被告・男　は、はい。母の所を訪ねてゆきテーブルの上に手紙が置いてあるのをみて黙って読みました。
検事・女　あなたは酒が好きですか。一晩というか一回にどのくらいの量を飲みますか。
被告・男　好きというか、毎日飲んでしまうといった方があたっています。飲む量はきまっていませんが、多いときは一升ぐらいは飲みます。
検事・女　先月五月五日午前、建設機材置場からあなたはブルドーザー「ユンボ」20トンを勝手に持ち出し運転しましたか。
被告・男　はい、しました。
検事・女　その時飲酒をしていましたか。
被告・男　はい、朝起きがけに母の家をたずね酒を出させて二合ほど飲みました。そのとき、母が妻と子供のことをかくしている上に、わたしに当たり散らしましたので言い争いになりました。

検事・女　あなたは建設機材置場にもどり、町道を、ブルドーザーユンボを運転して実母の生家に行き、ブルドーザーを家に突進させ、母の住む家屋を完全に破壊しましたね。相違ありませんか。

被告・男　はい、それに間違いありません。

検事・女　それはなぜですか。

被告・男　検事さん、先程からのわたしの話であなたにもおわかりのことと思いますが、わたしは昔、二度も死にそこなった男です。一度は自らの手でなく母の手によるものとはいえ、二度目は青年期の覚悟の自殺でした。しかし、生き返り今日まで生きながらえては来ましたが、心の底では死んでやる、いつか死んで見せるというほの暗い情熱をそそいで生きてきたのです。それはいつも、あの母の顔がわたしの頭からちらついて離れなかったからであります。この近親憎愛を抱える日々の果てに、あの日、五月五日の朝、わたしのなかの少年が、死にも出来なかった己れならば社会的に殺すことで生きる苦痛をとれ、それが情熱だとささやいたのであります。それでわたしは母とわたしの歴史がこもったあの家を倒壊したのであります。愛のくさりを断ち切ったのです。

検事・女　そのとき、あなたは家のなかに実母がいるのを知っていましたか。知っていてしましたか。

被告・男　はい、いるのではないかと思っていました。いや、いるだろうと思ってました。

検事・女　それは大変なことなんですよ。未必の故意という恐ろしい行為になるのです。家をこわしたあとあなたはどうしましたか。

被告・男　わたしはわたしの貌《かお》を失くしたのだと思います。一切が真白になり、だんまりの日夜に、わたしの口に浮かぶのは、ナタナエルの、あの一行だけでした。わたしは刑を受けようとも、罰をうけるのは当然だと思っています。確信しています。

検事・女　そうですか。もうよろしいです。これで調べは終りです。あとは裁判で結果が出ると思います。最後にわたしになにか話すことはありませんか。あるなら、どうぞ話してください。

被告・男　話を聴いてくださり、どうもありがとうございます。北島ユリさん、聡明で美しいあなたにお会いしまして幸せでした。わたしのなかに住む少年があなたの心のこえを聴きとりました。これからわたしは刑務所というノアの箱舟に乗り、永遠という無名性のなかへ少年の旅立ちをしたいと思います。それがわたしの情熱です。さようなら。

検事・女　しっかりがんばってください。あなたの話をきけて本官、北島も幸せでした。事務官、連れていってください。体に気をつけてください。さようなら。

被告・男
　船の少年キラに会える日に
　ナタナエル　君に　情熱をおしえよう

　被告・男の語るうちから哀歌（ベートーヴェンのソナタ）流れてくる。検事・女、上手に消える。こえが天から降ってくるなかを被告・男、手錠をかけられ下手より連れ出され舞台背景を遠く行くのが見える。

こえ（運命のひかり）
だれが　少年の
こころの証《あか》しへ
旅立ちの空にでるか
おお　夢は　はてしなく
そのときに立ち会えるか

愛の吹き矢に彩《いろど》られ
かずかぎりなく　くりひろげられる
この世の　沈黙へ合図を

　舞台くらくなり下手より船の少年キララ赤い舟に乗って出てくる。

船の少年・キララ

愛の吹き矢に彩《いろど》られ
かずかぎりなく　くりひろげられる
この世の　沈黙へ合図を

かんらん　かんらん
ぼくはみんなにあいさつしたの
涙は横っちょに降っていたが
ぼくのすきなとりにも
ぼくのすきなさかなにも
ぼくのすきなかまきりにも
ぼくのすきなとんぼにも
みんなだまりこくって
かんらん　かんらん
ぼくはだまって合図をしてる

ゆれ　ゆれ　ゆれて
笹舟流れる夜の川
風になる釣竿のさきに赤いはなびら
ゆれゆれ　ゆれゆれ

ぼくは合図をしながら
遠い海のほうへ流れてゆきます

船の少年遠くに手を降ったままストップモーション。
哀歌（ベートーヴェンのソナタ）流れるうちに
幕――

解説

時代と共に生きる
——丹野文夫の詩の世界

倉橋健一

私が丹野文夫の詩をはじめて知ったのは、六〇年代の終わり頃、清水昶が「現代詩手帖」に「幻覚の地方」と題した時評を書いて、大野新、米村敏人ら京都の詩人といっしょに、丹野と阿部國晴の詩画集『母という女』に収められた「海の歌」などの作品を紹介したときだった。そこにあった男まさりの気丈な母のイメージは、鬱屈した大胆さというそれだけで十分に刺激的だった。それから三年たって、清水のほうに最初の詩論集『詩の根拠』が出て、そこで、『異徒の唄』にも一文を寄せたり、他にも丹野について言及していたことを知った。

今になってみると、そんなあれやこれや自体がなぜか面白い。清水自身、出立してまだ日の浅い、初々しさの残るラジカル派に属する抒情詩人だったが、その彼がしきりにわが飢えたる精神の同伴者として丹野を巻き添えにしていく（わるい意味ではない）ようすが、いかにもこの時代を語っているようでもあり、私もまた惹かれていくのである。もっとも、私は、両者が引きあうものとして、というより媒体者の位置に黒田喜夫を置きたいが、これとて、この時代がもう固有の情念から例外になるものではなかった。その一点では、丹野文夫は東北の地にあって、この時期出るべくして出た詩人だったといってしまってもまちがってはいまい。山形の地にあって、「あんにゃ考」という、地底からの呻きにも似た飢餓論をもつ詩人が放つ極光《オーロラ》を浴びて登場してきた詩人であった。

と、これも、清水が丹野の詩に言及していったなかではじめて知ったことだが、彼が丹野の詩を知ったきっかけは、それに先立つ数年前、齋藤愼爾らが出していた

「文学村」という雑誌を京都の友人から借りて、そこに「異徒の唄」が特集されているのを見たからだったと告げているからである。この雑誌はもともと齋藤がまだ山形大学にあって、反安保闘争敗北後の六〇年の秋に創刊した同人誌で、おそらく「文学村」という誌名も、谷川雁らの「サークル村」に肖って名づけられたものだったろう。丹野の詩が特集されたのは六三年春発行の13号。この年齋藤は深夜叢書社を設立して、そのあとは一時仙台にも住んで、「深夜批評」という雑誌を出したりしている。この時期、安保闘争の終盤、全学連の国会突入を契機に既成左翼（スターリニズム）の呪縛が解かれるなかで、現代詩の世界にあっても、吉本隆明、谷川雁らによる自立志向への鼓吹と共に、出版界にあっては「現代思潮社」のような版元にあって、トロツキーの『わが生涯』、サヴィンコフの『テロリスト群像』、ロープシンの『蒼ざめた馬』、ジョージ・オウエルの『カタロニア讃歌』にサドの『悪徳の栄え』、ブルトンの『シュールレアリズム宣言』の完訳など、つまり今までタブー、異端とされていた書がつぎつぎ書店に並ぶようになり、私たちもまた引きつけられるように読んだものだった。それに呼応するように現代詩の世界にあっても、新しい書き手と同時に読み手もまた増えつつあった。この時、丹野は清水より五歳上の一九三五年（昭和10）生まれ、齋藤愼爾は清水とひとつ違いの同世代、そして私は丹野の一歳年長者だった。それを世代の特徴からみれば、丹野や私は戦争末期に少年期を過ごしたいわゆる疎開派、戦争期や戦争直後の戦後の塗炭に生活が苦しかった時代を、実体験として多少なりとも身につけている世代になる。それが清水や齋藤になると、すべては追体験になり、戦後時間のなかで、幻想性の幅として認識するものとなる。

と、書くと、何だかどこかで線引きしているようだが、ここはまったく私の私的経験からのものになってしまうが、戦後文学や戦後詩への造詣、関心度の深さになると、まったくといっていいほど落差がなかった。むろんそこでは個人差もつきまとうだろうが、私の経験では、清水よりさらにずっと下の全共闘（団塊）世代の佐々木幹郎にいたるまで、文学に慣れ親しんだ頃の読書遍歴のありようをみても、ほとんど違和感がない。そこを見据えたうえで、じゃ丹野文夫のばあいはどうだったろうか。ここでふたたび清水昶の眼差しが必要になってくる。『異徒の唄』に寄せた「血と義足の倫理」のなかで、丹野に最初に出遭ったときのようすをこう綴っている。

漠然とした予感のなかでの丹野文夫の像は痩せぎすできわめて繊細な神経の持主の文学青年といったものであったが、その予想は見事にはずれた。丹野文夫は暴風のような男である。彼はしたたかな酒飲みであり、飲むほどに荒れ吹雪いてくるその感受性は、まるでブレーキのぶっ壊れた車のようなものだ。

その丹野は『母という女』のあとがきにこう書きつけた。

すべての母たちはいま、何をして暮しているのであろうか。貧しく、みじめな幼少年時代を過した私にとって、世の中の差別の一弾は、私の母を通してやってきた。それは、おそらくすべての人に通じていることではあるまいか。だから、もし私にとっても、ひとにとっても、意識のなかの、ある差別の回復は、私たちの意識のなかにため込まれている母を、己れの魂の領域まで引きずりだし、引きずり降し、血みどろでその不幸という病気を洗いさらさなければならない。

この文庫に収められなかったが、二〇一一年の東北大災害のあと「ACT」に発表した丹野の「西方巡礼譚」という連作詩のなかに、「マツノさんの黒揚羽蝶」という一篇がある。

あゝ　そうしてそうして仙台平野のなかを／わた

しは離れ瞽女のように辿っていった国民学校小学
生／冬から春へ三月春先のからっ風の日にも／夏
のはじめからの嵐の日にも／不登校という山学校
の日にも流れるように／わたしの人生の旅立ちの
日々は続いた。

とあり、さらに、

その頃　母は妹をつれて満州の父の許へ行ってい
た／わたしとのこされた姉や弟たちはそろって／
小塚原のマツノさんの家にあずけられていた

と続いて、ここは『母という女』以来の主題を引き継ぐかたちで、少年期の生活を私詩的に語っているとみてよいだろう。この地は今回の大津波で全滅に近い被害を受けた宮城県名取市閖上町。丹野の生家である母の実家もまぬがれることはなかった。家屋と共に一家全滅だった。この少年期をめぐっては、七三年（昭和48）刊行の『己れのための鎮魂歌』の他にも、「自問」「少年の日」など随所に自分史風に歌いつがれており、そこでは詩画集名が「母という女」とあることからも察しられるとおり、少年期に彼の内面の奥深くに達した傷痕（不幸）が、ひとつは母に発することをくり返しうかがわせる。彼が幼少期すでに片足義足であったこととあわせて、この頃の経験的な二つの欠如を凝視することによって、丹野文夫の詩意識もまた深度を深めていったことはまちがいない。そこに発語の原点があり、運命的に異徒であることの認識が、逆に丹野文夫という個性豊かな詩人を生み出していったという見方もまた成り立つだろう。

　同時に、今度、はじめて彼の詩集を時の流れの内からも俯瞰的に見る機会をえて思われてきたひとつに、彼がもっとも精悍に詩を書いた季節が六〇年代から七〇年の前半に集中していることだった。『異徒の唄』にはじまって『己れのための鎮魂歌』を経て『海紀行』にいたる時代である。三〇代なかばから四〇代なかば。詩が戦後詩の背中を見つめながら、しだいに戦後生まれの世代の登場を経て、戦後とはひと味もふた味もちがった、詩自体が、すこしふるいがサルトルの言葉を借りれば、詩人の道具（意味）である言葉と手を切って言葉自体をものとし自然的ものへと、舵を切りはじめた時代であった。そこが、先に、清水昶や齋藤愼爾の登場を願って語ってきた所以である。ありていにいってしまえば、丹野と同じ東北にあって、「あんにゃ」とよばれる貧しい民衆像を基点に、「累代の遺恨をはらす」べく詩を書いてきた黒田喜夫とも交わりつつ、そこで丹野固有の成熟を遂げていったといっていいと思う。七一年（昭和46）刊の、『異徒の唄』にあって、「序章」のはじめに六〇年安保時の政治状況を思わせる

　私を指さし／私を取りまくものたちに／今日
　口々に私を非難し／時代に背をそむけた集団のや
　からに／私はいまや／世界の涯の方角から／私の
　矢を射るために旅立とう

のフレーズがおかれているのは、この期にいたって、丹野自身の内なる詩にひとつの変化が意識されはじめてきたことと、無縁とはいいがたい。

　生きるとは／朽ちはてることだが／それだけでは
　ない／草の茎を噛んで立っていること／きつい苦
　みを喰《は》みつくすこと

きつい苦味を喰みつくすこととは、みずからの詩の営為にたいする、あるいは自分自身の内奥に向けたある種の倫理宣言というふうに受け取ってもいいと私は思う。
　その上で、さらに一点、圧倒的に彼の詩を読み続けたことで思ったことがある。それは、彼にあっては、彼を詩に招き入れたものが近代詩のなかにはなくて、すべては戦後詩を土台にはじまっていることである。啄木があるが、これは少年時代の心情にかかわるもので影響といったこととは異なる。その啄木をふくめて宮澤賢治や吉田一穂、更科源蔵、真壁仁に、地元の尾形亀之助や石川

善助をふくめて、すべて無縁なことだ。

逆に、「荒地」の鮎川信夫、吉本隆明に黒田喜夫につ
いては、黒田喜夫につよくアクセントをおくことで、丹野にとっての内なる母につながる。はじめに気丈な男まさりの母といったが、その母こそは、彼の詩にとって縁結びの神であった。ついでにいっておけば、戦後詩を祖系にした点では清水昶がそうだった。宿縁めいたものを私は感じる。

一九七五年（昭和50）十二月、私は清水昶、藤井貞和といっしょに「第三回ひびき文芸講演会」に誘われて、はじめて仙台の地を訪れて丹野や竹内英典らと邂逅した。その印象が、先に紹介した清水昶とまったく同じ暴風のような男の面と、どこか際限なく純朴さを混淆させたものとして残り、以後長い交流のきっかけとなった。

同時に、こういう単純に時代の趨勢におもねることなく野武士の風貌をつらぬき通す詩人こそ、生涯的な読まれ方があっていいのだと思ってきた。よい機会を得た。たくさんの想像力豊かな読み手を期待したい。


（二〇二〇・五・二四）

「約束社会」と「己」
——丹野文夫詩集によせて

竹内英典

　この詩集に収録されているのは、近・現代史の歪みをひきずったまま、一九六〇年からの現在の日本の状況を形成してしまった時代に深く関わりながら書かれた詩であることを前置きしておかねばならない。

　丹野文夫の第三詩集『異徒の唄』（一九七一）は、この詩人のすべてを包含していると言っていいのかもしれない。

　それは幾つかのヴァリエーションを遍歴しながら、二〇一七年の『海の径』に辿り着くのである。

　タイトルになっている「異徒」は恐らく著者の造語であろうが、この語について既に清水昶が記しているので引用する。

　この地上で強靭に片脚で堪える男、丹野文夫。（略）ほとんど大多数の人間がなんらかの意味で肉体的な負い目を持ち悩みぬいた経験を持っているはずだが丹野文夫の場合、幼年期、少年期におけるそれは人一倍つよく彼をうちのめしたに違いない。だから、彼の詩を読む者は、まるで血の通った義足のような痛く荒あらしい言葉が詩の内に響く音を聞いてしまうのである。つまり彼は運命的に「異徒」であった。ただし、その「異徒」を「異徒」として言語で自覚した青年期に到って彼は詩人としてみずからの運命を越える独自の世界を切り開くたたかいに全身を投入していったのである。生理的な痛みは、つねに彼の言語の源泉であったけれども、そこからの言語のあらわれは、自己疎外、労働からの疎外を成しているものへと向きなおり、「異徒」として最初からすれ違った世界へとたたかいを挑むようになったのである。

（『異徒の唄』解説）

『異徒の唄　I』は次のように始まる。

朝　窓から放り込まれる言葉は／〝おまえは異端者だ〟ときめつける／ぼくの目覚めはこうして／窓の外から一方的にたたき起こされるから／〝おれは異徒だ〟とはげしく云い切って／ぼくは自力でたちあがる

取り巻く世界から異なった＝劣った無用の者として疎外され、まして小学校中学年まで経験せざるをえなかった戦時下の日本社会の持つ、社会の約束事としての差別と侮辱は、現在の〈健常者〉たる私の想像を超えており、敗戦後も変わることはなかった。丹野文夫がここから意識したのは、誇りを失わぬ自己である。対峙するのは、書き割りの如き「約束」を強いる社会である。

風が／赤土と石塊の上に立つ／俺を吹き抜けて／約束ごとの灯台や白雲や半島の緑や／遠くかすむ山脈や海の上の船影やの／みみっちい心象をなぎはらってしまうと／空と海原の茫茫とした背後から／みるみる地平が俺におしよせてくる

（「海峡」傍点竹内）

丹野文夫が立ったのは「約束社会」から疎外された者、立ち向かい嬲られた者たちの地である。「約束事」によって踏みにじられる者の意思と生命の側に、自らの踏みにじられる足で立つこと。そのためには歯を食いしばって自己を打ち立てねばならなかった。自己を顕わにしながらことばの直接性を打ち立てること。他ならぬ虐げられた他者を負った「己」によって。

この詩集で確立された「異徒」及び「約束の社会」は既に九年前に出された『橋上の夜』（一九六二）に示され

ている。

二人の少年は／二羽の鳥のように空に放りだされる／墜ちてくる／無惨にたたきつけられる／それでも二人は／街の門の前で異徒として裁かれる

（「事故」）

「門」は「約束の社会」の入口である。少年たちはそこで「たたきつけられ」て死んだ後も「異徒」として裁かれ「異徒」であり続ける。繰返し書かれる「死者ら」は書き割り的約束社会から追放された死者たちなのである。

第三詩集『己れのための鎮魂歌』（一九七三）は己と死者に満ちた詩集となる。

詩人の内部で己が鳴り響き、死者らの希みない視線がどの頁の中にも満ちる。

このひととき　だれかが／猥雑な愛の一言を不用意にささやくと／死者らはいっせいに血の臭いに覚めるだろう／南の海でも北の海でも／陽炎や極光のなかに浮かび上がるだろう　そこで／生きるとは絶望の作業だ　だから／おれは／死者らをおれの怨念のなかで殺しはてる／（略）／おれは死者らを抱いたまま倒れふすであろう／この幻想のすきまに流れついた／屍体の重さに耐えてなおしばらく／俺が生きのびるためには／流失する世界そのもののただなかに漂う悲しみの浮標《ブイ》を／厚い肉の縁に繋ぎ止める苦い作業を／おれが繰り返しつづけ／その過酷な日夜を生きることで／おれの死を確実にし／歴史の背後を世界のくらい陰の部分から／げりらの射程のなかへ照準していくことだ／そのとき　おれの魂は／死者らの領域のなかふかくわけ入り　なお／ひとびとを脅かしつづける明日となる

（「己れのための鎮魂歌」三章）

『己れのための鎮魂歌』一冊を持って丹野文夫は約束社

会の吹き曝しの広場に、「己」を赤裸々にしながら立ったのである。

「この地上に／死者らが立ち帰ってゆく棲家はない／／疾く／地に帰れ／死者ら」と「嘯」きながら（同じく終章）。

二年後に出された『海紀行』（一九七五）は、行為する祈りの詩集である。ヒロシマの惨劇を主題に「刻印を負った種子は風に吹かれて散り／その一粒が二八年めの北の朝／炎える花粉を柱頭にふるわせ／虚妄の営みを天に対《むか》う」（「光炎」）と書き終えるとき「語りつくす極みで／発生することばがある／／死にたえる地処で／生きつぐひとがある」（「北系原始回帰族」）と言い切るとき、それは遥かなる生命への意志としての祈りである。

就中、長編詩『海紀行』は日本近・現代史の中での下層の海の人の過酷な日常を書き、労働の始原へと向かう。変革とは何か、という根本的な問いを内在させながら、さらにことばの根源的な在処《ありか》を問うている。母の生家がその地の有数の船元であったため、海の労働者の姿はつぶさに見ていたはずである。


言葉は時代に咲くあだ花ではないからだ／血の口臭に満ちたははたちの呪詛に急かれ／夢のなかからちちたちの意匠の境まで馳せた／労働は悲惨によって生きられる　いま／（略）／手まねきする神の名残りを墜とせ／ひとは／もういずれの地にも行く必要はない／ただ　言葉の意匠の底を／櫂で切り拓く日を積みかさねる幻視だ　（「海紀行」）


変革のエリートの、あるいは「約束社会」の中のことばではない。あの叩きのめされた少年の裡に芽生えていたであろう「異徒」のことばであるに違いない。しかし「旅の終焉は何処か」と自らに問い、「ははを抱え漂泊にくれる／海紀行／幻視のくにを背負い途絶するか」と無念さに唇を嚙まねばならぬ終わらぬ現実が詩人を取り巻いているのだ。

（なお、最後に唐突のように示される「ははを抱え」というフレーズは、既に『橋上の夜』（一九六二）に書かれ

ている「母」以降、常に詩篇の底に流れている重いひびきであるが、それを書き得る力を今は持たない）

『地の軸に架かる声』（二〇〇二）の後半は亡くなった家族への、その歴史への、私信の形をとって展開されている。

　詩集最後の詩篇「少年のうた」は、離別した父への、一晩中般若心経を唱え続けねばならない程の修羅を抱え、少年期の彼に理不尽としか思えぬ激しい怒りを向けた父への、そのことわりについての、その半生についての痛切な問いかけである。

　問いの果てに詩人は、祈るが如く、「わたしらの心は視る／もういちど幸運のようなもの希望のようなものを／わたしらの心が選びとったものがこの世を寄切ってゆく」と、はじめて一人称複数形で書きとどめる。「寄切ってゆく」ものを共通なものとして選びとったのはいつのことであったろうか。この地表のこの地に残された詩人がこちらを見つめているのに出会う。

　此処が更に書き始めた地点であったのかもしれない。

　書くという行為と同等な行為として展開して来たものがある。

「東京金芝河らをたすける会」が出来たことに呼応するように「仙台金芝河らをたすける会」を立ち上げ、一九七四年から、月刊通信「黄土―황토―」を一九八八年まで刊行し続け、次いで朝鮮文学研究会を立ち上げ、機関誌「海―바다（パダ）」を刊行し始める。

『海の径』（二〇一七）は、この二誌と一九七五年六月十五日付「東北大学新聞」に収録された散文と詩からなる。

　この中で「異徒」及び「己」は、はっきり具体性をもって表されている。

> 　天皇によって統帥されるかつての帝国日本の幼少の自己史のなかで、他者である朝鮮人に対しては蔑視の言葉を通用させ得る差別者でありながら、内者つまり日本語（＝国家の民衆装置）のなかでは不具者＝余けい者として差別の言葉を浴びせられ、蔑視されるものとして存在した私への再会であるのだ。

その点にこそ、日本人である私が言語＝（国家）行為がもたらす虚構を喰い破る自立の闘いとして「詩の言語力（暴力）」を金芝河と共在する理由《いわれ》がある。

その発語＝詩の根拠に込められている沈黙のひとつひとつを確実におのれの掌中にたしかめながら国家の虚構である言語、及び言語行為の規範を見透かしてゆくとき、はじめて下層の民衆の発語は意味を開き、死者は黙した口から言葉を生者である私たちの状況へ吹き込む。（前記「東北大学新聞」）

「異徒」である「己」は、かつて朝鮮人を「異徒」として差別した自分自身と、「異徒」とされたまま死んでいったひとたち、そして今現在「異徒」とされている「他者」を負っている。丹野文夫の詩が「わたしら」と言って在りつづけるのはこの重みとともにであろう。

このとき、読者は「日本の近・現代の戦後史のゆがみ」（『海の径』あとがき）を具体的な一つ一つとして思い浮かべ、「もういちど幸運のようなもの希望のようなものを」見、「わたしらの心が選びとったもの」が「約束社会」を寄切り、去ってゆくのを、自らのものとして見るために目をこらすことが出来るのだ。

この詩集は、また、このなかに書かれている仕事を共に行いながら、自らの生命を絶った、あるいは病を得て逝ってしまった若い仲間への、さらに、詩人金芝河と尹東柱への、弾圧と抵抗の中で倒れていった、特に朝鮮半島の人たちへの、その嘆きの声への、そして、「約束社会」のなかで打ちのめされた「すべての絶え入るもの」への鎮魂の詩集でもある。

丹野文夫は自らの演出で一九八〇年金芝河作『金冠のイエス』を上演した。それ以来、尹東柱を主題にしたものなど、自らの手による戯曲を中心に多くの公演を持った。収録されている『船の少年』もその一つである。

ここから刊行された月刊誌「ＡＣＴ」（Ｂ５版・12Ｐ）は一度の休刊もなしに二〇二〇年七月現在四五六号を数えている。奇跡のように、しかし決して奇跡でなく。

丹野文夫年譜

一九三五年（昭和十年）　当歳
九月十一日、宮城県名取郡閖上町高柳字辻弐百壱番地に、父・丹野栄造、母、みじいの次男として生まれる。
後に、父と母の離婚により母方の籍に入り、以後、赤間姓を名のる。

一九三六年（昭和十一年）　一歳
生後一年四ヶ月で小児麻痺に罹患。右足の機能全廃、左足にも不自由が残る。

一九四二年（昭和十七年）　七歳
四月、閖上国民学校に入学のため、両側に松葉杖をつくことを覚えさせられる。

一九四八年（昭和二十三年）　十三歳
四月、閖上町立閖上中学校に入学。

一九五〇年（昭和二十五年）　十五歳
四月、仙台市立五橋中学校に転入。
父母の離婚により、閖上町高柳から閖上町新町頭に住居移転。以後閖上町よりバス及び東北本線の列車により通学する。

一九五二年（昭和二十七年）　十七歳
四月、宮城県仙台第二高等学校に入学。

一九五六年（昭和三十一年）　二十一歳
三月、同校卒業。

一九五八年（昭和三十三年）　二十三歳
同人詩誌「ひびき」（一九五四年創刊）に参加。現在まで同誌の編集発行同人。

一九六二年（昭和三十七年）　二十七歳
　九月二十七日、鍋島カツ子との婚姻届を提出。本籍を宮城県仙台市長町七丁目百八番地の壱に移す。
　同月、詩集『橋上の夜』（私家版）刊行。
一九六九年（昭和四十四年）　三十四歳
　一月、詩絵集『母という女』（絵画・阿部國晴　私家版）刊行。
一九七一年（昭和四十六年）　三十六歳
　六月、詩集『異徒の唄』（永井出版企画）刊行。
一九七三年（昭和四十八年）　三十八歳
　七月、詩集『己れのための鎮魂歌』（永井出版企画）刊行。
一九七四年（昭和四十九年）　三十九歳
　四月、第三回宮城県芸術選奨を受賞。
一九七五年（昭和五十年）　四十歳
　九月、詩集『海紀行』（国文社）刊行。
二〇〇一年（平成十三年）　六十六歳
　九月二十日、妻・カツ子、癌により死去（享年六十六歳）。
　十二月、詩集『地の軸に架かるこえ』（同人ひびきの会）刊行。
二〇一七年（平成二十九年）　八十二歳
　十二月、詩集『海の径』（同人ひびきの会）刊行。
二〇二〇年（令和二年）　八十五歳
　八月、詩集『橋上の夜』完全復刻版（私家版）刊行。

新・日本現代詩文庫152　丹野《たんの》文夫《ふみお》詩集

発行　二〇二〇年十一月三十日　初版

著者　丹野文夫
装丁　森本良成
発行者　高木祐子
発行所　土曜美術社出版販売
〒162-0813　東京都新宿区東五軒町三―一〇
電話　〇三―五二二九―〇七三〇
FAX　〇三―五二二九―〇七三二
振替　〇〇一六〇―九―七五六九〇九
印刷・製本　モリモト印刷
ISBN978-4-8120-2607-6　C0192

新・日本現代詩文庫

土曜美術社出版販売

141 小林登茂子詩集　解説　高橋次夫・中村不二夫
142 万里小路譲詩集　解説　近江正人・青木由弥子
143 稲木信夫詩集　解説　広部英一・岡崎純
144 清水榮一詩集　解説　高橋次夫・北岡淳子
145 細野豊詩集　解説　北岡淳子・下川敬明・アンバル・パスト
146 川中子義勝詩集　解説　中村不二夫
147 山岸哲夫詩集　解説　井坂洋子・藤本真理子・苗村吉昭・武田肇
148 天野英詩集　解説　小川英晴
149 愛敬浩一詩集　解説　村嶋正浩・川島洋・谷内修三
150 山田清吉詩集　解説　松永伍一・広部英一・金田久璋
151 忍城春宣詩集　解説　野田新五・周田幹雄
152 丹野文夫詩集　解説　倉橋健一・竹内英典
〈以下続刊〉
関口彰詩集　解説　〈未定〉

1 中原道夫詩集
2 坂本明子詩集
3 高橋英司詩集
4 前原正治詩集
5 三田洋詩集
6 本多寿詩集
7 小島禄琅詩集
8 新編菊田守詩集
9 出海溪也詩集
10 柴崎聰詩集
11 相馬大詩集
12 桜井哲夫詩集
13 新編島田陽子詩集
14 新編真壁仁詩集
15 南邦和詩集
16 星雅彦詩集
17 井之川巨詩集
18 新々木島始詩集
19 小川アンナ詩集
20 新編井口克己詩集
21 新編滝口雅子詩集
22 谷　敬詩集
23 福井久子詩集
24 森ちふく詩集
25 しま・ようこ詩集
26 腰原哲朗詩集
27 金光洋一郎詩集
28 松田幸雄詩集
29 谷口謙詩集
30 和田文雄詩集
31 新編高田敏子詩集
32 皆木信昭詩集
33 千葉龍詩集
34 新編佐久間隆史詩集
35 長津功三良詩集
36 鈴木亨詩集
37 埋田昇二詩集
38 川村慶子詩集
39 新編大井康暢詩集
40 米田栄作詩集
41 池田瑛子詩集
42 遠藤恒吉詩集
43 五喜田正巳詩集
44 森常治詩集
45 和田英子詩集
46 伊勢田史郎詩集
47 鈴木満詩集
48 曽根ヨシ詩集
49 成田敦詩集
50 ワシオ・トシヒコ詩集
51 高田太郎詩集
52 大塚欽一詩集
53 香川紘子詩集
54 井元霧彦詩集
55 高橋次夫詩集
56 上手宰詩集
57 網谷厚子詩集
58 門田照子詩集
59 水野ひかる詩集
60 丸本明子詩集
61 村永美和子詩集
62 藤坂信子詩集
63 門林岩雄詩集
64 新編原民喜詩集
65 新編濱口國雄詩集
66 日塔聰詩集
67 武田弘子詩集
68 大石規子詩集
69 吉川仁詩集
70 尾世川正明詩集
71 岡隆夫詩集
72 野仲美弥子詩集
73 葛西洌詩集
74 只松千恵子詩集
75 鈴木哲雄詩集
76 桜井さざえ詩集
77 森野満之詩集
78 坂本つや子詩集
79 川原よしひさ詩集
80 前田新詩集
81 石黒忠詩集
82 壺阪輝代詩集
83 若山紀子詩集
84 香山雅代詩集
85 古田豊治詩集
86 福原恒雄詩集
87 黛元男詩集
88 山下静男詩集
89 赤松徳治詩集
90 梶原禮之詩集
91 前川幸雄詩集
92 なべくらますみ詩集
93 津金充詩集
94 中村泰三詩集
95 和田攻詩集
96 藤井雅人詩集
97 馬場晴世詩集
98 鈴木孝詩集
99 久宗睦子詩集
100 水野るり子詩集
101 岡三沙子詩集
102 星野元一詩集
103 清水茂詩集
104 山本美代子詩集
105 武西良和詩集
106 竹川弘太郎詩集
107 酒井力詩集
108 一色真理詩集
109 郷原宏詩集
110 永井ますみ詩集
111 阿部堅磐詩集
112 新編石原武詩集
113 長島三芳詩集
114 柏木恵美子詩集
115 近江正人詩集
116 名古きよえ詩集
117 新編石川逸子詩集
118 佐藤真里子詩集
119 河井洋詩集
120 戸井みちお詩集
121 金堀則夫詩集
122 三好豊一郎詩集
123 古屋久昭詩集
124 佐藤正子詩集
125 川端進詩集
126 桜井滋人詩集
127 葵生川玲詩集
128 今泉協子詩集
129 柳内やすこ詩集
130 新編甲田四郎詩集
131 大貫喜也詩集
132 今井文世詩集
133 中山直子詩集
134 林嗣夫詩集
135 柳生じゅん子詩集
136 原圭治詩集
137 森田進詩集
138 水崎野里子詩集
139 比留間美代子詩集
140 内藤喜美子詩集

◆定価（本体1400円+税）